16	3	2	13
5	10	11	8
9	6	7	12
4	15	14	1

Giselda Leirner

NAUFRÁGIOS

editora■34

EDITORA 34

Editora 34 Ltda.
Rua Hungria, 592 Jardim Europa CEP 01455-000
São Paulo - SP Brasil Tel/Fax (11) 3816-6777 www.editora34.com.br

Copyright © Editora 34 Ltda., 2011
Naufrágios © Giselda Leirner, 2011

A FOTOCÓPIA DE QUALQUER FOLHA DESTE LIVRO É ILEGAL E CONFIGURA UMA APROPRIAÇÃO INDEVIDA DOS DIREITOS INTELECTUAIS E PATRIMONIAIS DO AUTOR.

Imagem da capa:
*A partir de desenho de Egon Schiele,
Igreja do hospital de Mödling e casario, 1918, guache e crayon s/ papel*

Capa, projeto gráfico e editoração eletrônica:
Bracher & Malta Produção Gráfica

Revisão:
Alberto Martins, Isabel Junqueira, Fabrício Corsaletti

1ª Edição - 2011

CIP - Brasil. Catalogação-na-Fonte
(Sindicato Nacional dos Editores de Livros, RJ, Brasil)

Leirner, Giselda
L595n   Naufrágios / Giselda Leirner;
apresentação de Márcio Seligmann-Silva. —
São Paulo: Ed. 34, 2011.
136 p.

ISBN 978-85-7326-464-7

1. Ficção brasileira. I. Seligmann-Silva, Márcio. II. Título.

CDD - 869.3B

NAUFRÁGIOS

Apresentação, *Márcio Seligmann-Silva* 7

1. Dizer um corpo 13
2. Sem saída 19
3. Naufrágios 25
4. Claude e Maude 35
5. Ano Novo 41
6. A morte no olhar 45
7. Debaixo da asa é sempre quente 57
8. De sonhos e sombra 63
9. O sacrifício 79
10. Diálogo 91
11. Silêncio 93
12. Eugenio, um amor 101
13. Chá e maçãs 109
14. Viagens que não levam a lugar algum 123

Sobre a autora 135

Apresentação

Márcio Seligmann-Silva

A poesia desde sempre teve a ver com o crepuscular. Ela se alimenta de dois nutrientes básicos: o amor e a morte. Basta lembrar da conhecida história de Orfeu e Eurídice, contada por Ovídio em suas *Metamorfoses*. Plutão permitira que Orfeu retirasse a sua amada, Eurídice, do Hades, o mundo dos mortos. A condição era que Orfeu não poderia olhar para trás para ver sua amada. Como ele não soube se controlar e, em um gesto fatídico, voltou-se para ver Eurídice, ela teve que retornar ao Hades e lá morar para sempre. Essa reviravolta, esse olhar que provoca a destruição e a morte, pode ser interpretada também como a capacidade do poeta de nos (re)enviar ao reino dos mortos. É como se o poeta tivesse uma relação privilegiada com aquele reino tão temido e que, ao fim, é a casa de todos nós.

Mas também poderíamos ler esse mito como uma parábola da capacidade do poeta de olhar de modo autoconsciente para seu ofício. Esse olhar é sempre um risco. É como o equilibrista que, sobre a corda estendida entre dois prédios, mira o abismo. Isso desestabiliza, provoca vertigem. Neste raro livro que o leitor tem em mãos, *Naufrágios*, da conhecida artista plástica e escritora Giselda Leirner, podemos dizer que se unem esses dois aspectos do olhar de Orfeu — o deus dos poetas e literatos. Por um lado, esses fragmentos e destroços de história remetem quase sempre a uma passagem para o mundo dos mortos. Trata-se de uma literatura que respira e vive dessa passagem tão cercada de tabus e de medos em nossa sociedade, que teme a morte e a exila em UTIs, transformando-a e reduzindo-a a assunto médico. Por outro lado, Giselda Leirner, uma escritora experiente e escolada, não teme ou abre mão do gesto de refletir sobre sua própria atividade de escritora. Ela como que se descasca e despe diante do leitor, revelando a escritura como um processo e como um modo de sobrevida, meio de trançar vida e morte e de passar de um polo a outro. Ela se despe na medida mesmo em que afirma que a escritura é sua roupagem: "Escrevo. Não faço outra coisa que descrever, este sucedâneo literário que encobre minha carência, minha incapacidade. Desespero".

Podemos falar deste livro, portanto, como uma escrita crepuscular, como uma obra que é extrato do desespero, porque não há nada mais a esperar senão a morte. Mas essa espera também é vida e — literatura. Trata-se aqui de um testamento ("tudo que escrevi é testamento") e de um testemunho. Ambos os gestos têm a ver com a morte e a atestação. Atesta-se a vida no mesmo gesto em que se atesta a morte. Lega-se a escrita para o além-vida. Olha-se para o futuro. Mas a escritura, no entanto, é também ritual, reza, *kadisch*, jogo de luto. Ligando o passado ao presente e ao futuro, ela é fita embebida em suco que conserva, embalsama. O livro é nave que permite singrar os rios que cercam o Hades: o Lete, rio do esquecimento, o Flegetonte, rio do fogo, o Estige, rio da imortalidade, o Aqueronte, rio das dores, o Cócito, rio das lamentações, e o Eridano, o grande rio que fica no fim do mundo. A poesia é tanto atestação, como sobrevivência. De uma vida que naufraga — e toda vida tem seus naufrágios — sobrevivem as palavras, retratos, flashes, que são aqui colecionados e apresentados.

Uma das forças desta obra está no fato de os papéis de autora e de narradora se embaralharem. Nesse jogo, vida e morte, corpo, sangue e escritura acabam se misturando, em um caleidoscópio que não tem como não envolver o leitor. Giselda Leirner, mais do que a partir de sua vida, escreve com seu corpo. Essa escrita autoconsciente trabalha também de modo sofisticado com todo o tipo de duplicações e espelhamentos. Percebemos aqui uma clara alusão ao fato de que todo autor se espelha e se duplica e fragmenta na sua escritura. Mas aqui a autora faz esse jogo sem temer a sua explicitação. Não por acaso, ela escreve sobre gêmeos e, em um dos "contos", a voz que narra é a da própria sombra da protagonista. A sombra, esse nosso outro que também simboliza o esquecido e recalcado. A sombra como duplo e idêntico que difere põe em questão nossa aparente unicidade. Por outro lado, os personagens aqui são de fato sombras e espectros do passado, imagens que pedem voz, como as almas que acediam Ulisses na visita que ele fez ao Hades.

Os nomes desses personagens, que parecem vir de um mundo destruído — o mundo da judeidade da Europa oriental — também acabam por gerar uma espécie de estranha serialização de personagens. Eles não são unos, singulares, mas um liga-se ao outro, como no jogo das Babushkas — apelido de uma das personagens —, ou como nos bonecos que se desdobram, após o recorte de seu perfil, da brincadeira infantil. Essa sabotagem da unicidade, essa ruptura do código da identidade e da diferença, anuncia-se também nessa frase: "Entre o sagrado e o profano não há diferença". Essa indiferenciação abala a base para a existência da "lei", ou seja, daquilo que promete estancar a violência e proteger a vida. Em "O sacrifício" vemos uma verdadeira encenação da violência decorrente dessa indiferenciação. A figura de Janus, que nesse "conto" une o claro e o escuro, o dia e a noite, a morte a vida, surge para significar também o terror da indiferenciação.

Por que essa verdadeira aversão ao próprio, àquilo que se considera idêntico a si? Certamente, ao menos em parte, porque nesses fragmentos de narrativa ecoam também os gritos do terror provocado no século XX por conta da máquina identitária que pensou poder criar uma "raça pura", ariana, sem misturas. Por outro lado, essa mesma máquina gerou desterros, exílios, vidas dilaceradas, que aqui também são retratadas, reafirmando Giselda Leirner como uma das principais escritoras, no Brasil, sobre essa catástrofe que fez tremer nas bases a *Aufklärung* (Iluminismo) e a arrogância do *logos*. Esses seres desterrados apresentados neste livro sentem-se eternamente como "outros". No Brasil, falam o português apenas com os "estranhos", ou seja, com os brasileiros, com os quais apenas com dificuldade se identificam. Eles incorporaram o fato de que eles mesmos são estranhos e sempre viverão sem pátria e sem casa. Daí as inúmeras e incansáveis viagens das personagens desse livro — ou *da* personagem desse livro. Como lemos em "Sem saída": "Desterrados, viveram no exílio que guardavam dentro de si por toda a vida, sabendo que vivenciavam a metáfora do homem moderno, o deserto e seu abandono".

Essa personagem sofre de nostalgia: de uma vida que se vai, mas também de um mundo que se acabou. Saudades, por exemplo, de um avô que ficou na Polônia e que só sabia estudar e não tinha tempo para pensar em coisas menores, como alimentar a sua família. Ele vivia "só estudando, sempre estudando e balançando o corpo". Talvez, poderíamos especular, esta obra que temos em mãos seja também uma continuidade desse mesmo estudo e desse mesmo gesto de balançar o corpo. Mas, talvez também, esse estudo agora não tenha mais a crença em uma redenção, mas apenas uma crença na literatura. Na força da escritura. Com ela, aqui, o poeta Orfeu volta-se para trás e somos lançados simultaneamente ao mundo dos mortos e despertamos para a vida.

NAUFRÁGIOS

"As primeiras palavras eram faíscas com as quais Deus marcou o homem. Através das palavras, o homem se abraçou com Deus."

Felicia Leirner

Dizer um corpo

ou Na cama com Beckett

Eles não sabem. Acham que já estou meio morta. Meio? Quem é que morre pela metade? Não fossem todos estes tubos que me incomodam. Eu os arranco, e eles põem de volta. Ouço tudo o que dizem. As enfermeiras fazendo piada quando me lavam. Sempre fui magra. E elegante. No palco é preciso — mesmo que tenha que fazer papel de Hamm, ou Clov, ou Nagg, ou Nell.

Foi aí mesmo, no palco. Tive uma fortíssima dor de cabeça. Caí. Acordei no camarim. Apaguei de novo com uma injeção no braço — ou foi na perna? Que importa? Estou sempre preocupada com detalhes. Faz parte da profissão.

Agora estou aqui, com todos estes tubos e a urina que escorre quente, apesar das fraldas. Só trocam a roupa uma vez por dia quando me lavam e fazem piadinhas. Os outros não são melhores. Entram, saem, conversam o tempo todo. Como não durmo, quero ao menos silêncio. Eu os odeio. Todos. Mesmo aqueles que antes amei.

Meu marido, meu assassino amado. Sei que foi por ele que aconteceu. Minha doença. Eu o conheci na casa de um industrial gordo e rico que ia produzir uma peça de Tennessee Williams.

O nome não lembro mais, agora esqueço tudo. Eu, que já decorei peças inteiras de teatro. Por que não tiram estas fraldas? Já tenho assaduras, e esses idiotas nada fazem. Não tenho medo de morrer, morte grande. Mas estas pequenas mortes são um inferno.

O que eu estava dizendo? Sim, o gordo era americano, bonito, um tipo de Orson Welles misturado com Marlon Brando.

Naquela noite — em que encontrei meu futuro marido, um artista desconhecido assim como eu, vindo de uma cidade pequena assim como eu — dancei e bebi o uísque com gelo. Muito uísque, pouco gelo. Acabei dançando abraçada ao americano, que me apertava contra sua gorda barriga. Lembro-me bem dela, que vi nua muitas vezes, pois tornei-me sua amante.

A peça não saiu. O americano desapareceu. Soube que deixou mulher e três filhos.

Casei-me com o colega de profissão. Fizemos muito teatro. Era bom, era emocionante. Diretores vinham da Itália. Conheci todos eles.

Estou sentindo dor de cabeça. Tenho um tumor no cérebro. Grande. Daqui a pouco eles virão dar a injeção, só aí eu fico em paz.

Que não venham Fernando, meu amado marido, nem seus filhos, que meus nunca foram, com suas conversas que não me interessam, como se eu não mais existisse. Na verdade nunca existi para eles.

Um dos diretores casou-se aqui com uma brasileira. Lembro-me dela porque, quando comia, falava cuspindo. Era vulgar e feia.

Outro, que era cenógrafo importante, deixou mulher e filho na Itália, mas nunca contou. Puto era, e fascinante, com toda sua cultura, seu rosto anguloso e cabelo despenteado. Desse fiquei grávida. Não me deixou ter o filho. Disse que seria meu fim como atriz, além de afirmar que não podia ser o pai, pois era estéril. Foi embora para o Rio de Janeiro onde

casou e teve dois filhos. Já morreu. Era bem mais velho que eu.
Continuei fazendo teatro.

"Primeiro um. Primeiro melhor tentar falhar um. Qualquer coisa que ali está gravemente não errada. Não que como a coisa esteja a coisa não esteja senão grave. Grave o não haver rosto. Grave o não haver mãos. Grave o não."
Basta. De quem será isto? Não me lembro. De quem? Com um tumor no cérebro como posso querer ter memória? Grave é não ter cabeça. Grave é fazer teatro aqui neste quarto, com todos estes tubos.

Assim que me casei com Fernando, fomos morar em um grande prédio. Escolhemos o último andar. Não ouvíamos o barulho da avenida. Por uma escada subíamos a um galpão, onde construímos um palco e instalamos cadeiras. Quantas pessoas cabiam? Acho que umas cem ou mais. Era nosso lugar. Lá ensaiávamos, recebíamos os amigos. Jovens autores a atores eram apresentados em nosso pequeno palco.
Depois do espetáculo terminado, descíamos para o apartamento, onde ficávamos conversando e bebendo até de manhã.

Maria José... lembro. Como era mesmo? Maria José, nossa professora de dicção. Adorava gatos. Tinha muitos. Sua casa cheirava a urina de gato. Vestia-se com roupas de época, e cantava acompanhada por um jovem ao piano. Era culta, escrevia poemas em grego e latim. Gostava dela.
E os críticos? Eram bons ou maus, conforme o que escreviam a nosso respeito.

Os filhos de Fernando estão sentados ao lado. Não abro mais os olhos. Nem se pudesse eu os abriria. Pensam que estou em coma. Coma, uma ova! O que será uma ova? Feminino de ovo. Ovo, Novo, Nova. Eu fui nova. Agora acabou. Acho que vou dormir. Aquele remédio é bom.

Estou acordada, pois continuo ouvindo vozes. Também sei que estou viva, pois sinto dor. A dor me faz saber que ainda vivo. Meus braços — não consigo mexer. Atados a sondas.
Sonhei com aquele homem de cabelo cor de fogo, olhos azuis de águia, e nariz adunco. Será ele quem me ajudará a ir embora. Quero ir embora.
Ele olha para mim e coça a nuca. Diz que tem um furúnculo. Quando visita a mãe, o furúnculo incha e incomoda. Ele odeia-e-ama a mãe. Ela não quer que ele saia de perto. Escreveu a última peça, aquela que eu representava quando caí no palco inconsciente. Escreverá ainda aquela que só eu conheço. Nesta eu voarei em seus braços, aninhada em seu peito seco.

Minha doença, como começou? Será que lembro como começou? Sim, lembro. Esqueço logo em seguida.
Fernando passou a não voltar para casa à noite. Nas manhãs, chegava cansado, com olheiras fundas, e ia dormir.
Uma noite trouxe um garoto para casa. Disse que ficaria com ele ao seu lado em nossa cama.
Eu, doída, mortificada, aguentei tanto quanto pude. Quando passou a trazer outros, apanhados em caçadas noturnas pelo centro, eu disse não. Foi aí que começaram as dores de cabeça.
Ele desapareceu. Voltava de vez em quando e dizia: "Eu te amo. Você é uma deusa, mas eu preciso de terra, você é e sempre será aquela dos infinitos ventos, onde eu não posso habitar".
Foi assim. Eu espero agora. Quero que venha logo aquele que me leve.

O corpo me atrapalha com suas exigências. Ele pede e impede minha entrega.

Viver com o corpo de um lado, e a alma de outro, sei que é impossível.

Como renegar o meu eu físico. Difícil, muito difícil. Quando estou com fome, o que é mais importante: um sanduíche de presunto ou uma chacona de Bach? Os dois.

Impossível ao mesmo tempo.

Espero por ele, que está para chegar. Sim, sinto, está vindo me buscar.

Sem saída

Seu nome era José. O sobrenome? Não lembro. Algo que ver com amendoeira em iídiche. Seria Mandelbaum? Veio para o Brasil com os pais, únicos sobreviventes na família do Terror que se espalhara em seu país.

Terminou a Faculdade de Medicina em Varsóvia, cidade em que nasceu, assim como seus antepassados, que ali tinham vivido e morrido. O pai, médico, a mãe, professora de ginásio em sua terra natal, não encontravam lugar em lugar algum. Desterrados, viveram o exílio que guardaram dentro de si por toda a vida, sabendo que vivenciavam a metáfora do homem moderno, o deserto e seu abandono.

José resolveu se especializar em Psiquiatria. Era ótimo e esforçado aluno, apesar da dificuldade com o português, em pouco tempo superada.

Foi meu colega não só de aulas, mas de ideias compartilhadas, diferentes das vividas em classe.

Nossa via, nós a praticávamos em passeios a lugares ermos e silenciosos na serra da Cantareira, para onde íamos de bonde. Nossa comunicação não se dava por palavras. De Lao-Tsé, nosso mestre, nós as guardávamos, praticando o caminho do não fazer.

O nosso menos fazer não se dava em classe, onde trabalhávamos com afinco e seriedade. As aulas eram comandadas sob a ditadura e a coerção de alguns professores, cuja neurose e luta por poder permeavam o ambiente, tornando-o asfixiante. Estes professores nada enxergavam que já não fosse nomeado, mesmo que estivesse sob seus olhos.

A admiração, nós a nutríamos por um único homem, o mais feio e ridículo de aparência, vítima das piadas maldosas dos colegas, que caminhava pelos corredores sempre de cabeça enterrada no peito. O mais brilhante dos pensadores. Éramos testemunhas passivas da morte da verdade, que se esvaía por falta de resposta. Dele só nos restou a memória de seu nome, Emanuel L., que morreu junto a nossa lembrança para nunca mais voltar.

Gostávamos de ler. José lia Nietzsche e eu, Kafka, naquela época em que, sentados na terra, recostados em uma árvore, mastigávamos nossos sanduíches e bebíamos café de uma garrafa térmica.

José contou-me, nas raras vezes em que conversávamos, que tinha escolhido a medicina como carreira para contrariar os pais, que sonhavam ter um filho pianista.

A mãe tornara-se um carrasco para a criança de quatro anos, obrigando-a a fazer escalas e exercícios durante horas seguidas, no mísero piano de parede alugado, e exposto na pequena sala de estar como peça principal.

Minha família, por sua vez também de imigrantes, tinha vindo da Itália. Eram católicos fervorosos, salvo meu pai, que era anarquista e ateu.

Sendo o pai médico, José decidiu seguir a mesma carreira. Mas o que realmente lhe interessava era a literatura. Sempre quis ser escritor, mas essa não era uma profissão. Não lhe restou escolha — não havia liberdade em sua vida.

Com o passar do tempo, nossos silêncios plenos de uma precoce sabedoria foram sendo abandonados, preenchidos, e o ruído penetrou sorrateiramente, junto ao trepidar da cidade — uma boca gigantesca e escancarada, cheia de dentes.

Cidade terrível, que não percebíamos como tal, pois estávamos profundamente envolvidos em nosso caminho rumo ao sucesso.

Perdêramos a possibilidade de dizer *não* aos nossos mestres, bem como à religiosidade de que estávamos imbuídos quando jovens, sem ter ainda o conhecimento de Deus — que só apareceu quando já inalcançável. Nossas crenças tinham sido substituídas pelo desejo. No meu caso, era o dinheiro, no de José era o amor nunca realizado, o sexo nunca satisfeito e o vazio nunca preenchido pelo trabalho.

A dúvida era sua companheira permanente, seu espírito inquieto não encontrava repouso. Passava de estados de intranquilidade e depressão a outros de exaltação. Perguntei-lhe como era capaz de aconselhar seus pacientes, estando tão perturbado. Sendo eu seu único amigo, sentia-me à vontade para fazer tal questionamento. Sua resposta me surpreendeu: era justamente em seus pacientes que ele encontrava a paz de espírito. Só estes podiam lhe trazer algo de novo, de potencialmente relevante, em razão da curiosidade e fascínio que sentia por eles, particularmente pelas mulheres.

Tinha a clínica sempre cheia. Os pacientes eram, em sua maioria, mulheres, que permaneciam ligadas a ele, entrando numa relação amorosa bastante conhecida e examinada nos estudos psicanalíticos.

Sendo um homem belo, apesar da aparente fragilidade de seus traços, sentia-se atraído pelo encanto que provocava, e assim fazia a sua profissão ser não só profícua do ponto de vista econômico, como também alimentadora de um ego nunca saciado. Apesar do prazer que a sedução lhe proporcionava, nunca traiu a mulher — só uma única vez.

Os acontecimentos de sua vida, a presença insignificante da mulher e dos filhos, tudo lhe trazia uma impaciência, um tédio. Como não tinha desejos nem projetos, não sentia alegria na realização que estes poderiam lhe trazer. O sentimento mais intenso e poderoso era o de ameaça constante. Um medo incontrolável, que não conseguia dominar. Assim como a "fera na selva", o medo o espreitava e o impedia de agir. De toda esta desesperança e dor, a única coisa que lhe restou foi uma noite, uma única noite.

Um domingo, ele ficara no consultório, com o intuito de ler e escrever. Deitado no divã, olhava para fora da janela. Lembrou-se da janela no poema de Rilke: "quando a vida se esvai e se impacienta por outra".

Um voo leve de brisa atravessou a janela aberta. Ela apareceu. Era alta, os cabelos grisalhos, um halo prateado em volta do rosto mais perfeito que já vira. Os olhos verdes, eram claros e sorriam. Só os olhos. A boca não se movia. A roupa, leve e branca, uma túnica de botões prateados, mesmo sendo transparente, não permitia avaliar o corpo por trás. Uma deusa encarnada em criatura, só olhava, parada contra a janela que a iluminava inteira, estando o quarto todo na penumbra.

Sua beleza o atraiu de tal forma que ele percebeu ali o perigo do prazer intenso, que poderia levá-lo ao abismo. O que sentia era a desproteção absoluta. A queda. Seria sua única eternidade. O mar escuro sem esperanças no qual se extinguiria.

Assim, naufragaram no abraço em que os corpos, unidos pelo desejo, realizaram o ato em que homem e mulher estão sempre sós, a união de Adão e Eva.

Passaram a noite toda ali deitados. Ao amanhecer, ela se foi.

José sentia-se absolutamente puro, e queria, ainda que parecesse absurdo, partilhar com sua esposa o que vivera, como um milagre, o primeiro e último que teria em sua vida. Mas enquanto falava, deu-se a transformação em que a imanência divina da qual tinha participado tornou-se perigosa, e o sagrado tornou-se nefasto pela aproximação com a realidade. A partir daí, começou a verdadeira descida, aquela pela qual sempre esperara sem o saber. A mulher o abandonou definitivamente, levando consigo os filhos, e José voltou-se para o trabalho no hospital e no consultório.

Não foi longo o tempo que passou. Estávamos almoçando juntos, quando ele, com um espasmo de dor, levou a mão ao peito, e vomitou sangue sobre a toalha branca.

Foi operado duas vezes de um câncer no estômago. Passou por tratamentos quimioterápicos, que de nada adiantaram, e assim foi, aos poucos, definhando em sua cama de hospital, de onde não mais saiu.

Eu o visitava frequentemente e, certo dia, um domingo de sol, ele me disse:

— Quero que você procure minha mulher. Preciso pedir que me perdoe. Não quero morrer sem o seu perdão. Não posso morrer assim, sem a sua mão na minha.

Fui procurá-la. Falei longamente e a convenci a ir até o hospital comigo. Entrou no quarto de José. Ali ficou, afastada da cama, olhando para ele. Não havia culpa, nem contrição ou pena, mas uma mistura de orgulho, ódio e dureza em seu olhar.

— Venha, aperte minha mão e diga que me perdoa.

— Não. Vou ficar onde estou. Vim, mas não sei por quê.

— Mas diga ao menos que me perdoa. Nunca lhe traí. O que aconteceu não foi traição. Foi só um sonho.

— E daí, o que importa? Sonho ou não. Aconteceu. Se você sonhou com um fantasma, eu o que sou?

— Você é minha mulher.

— Não. Não sou mais. Mesmo antes do sonho, nunca senti o amor.

— Não foi porque não te amei. Fui condenado por mim mesmo a não sentir. Os meus sentimentos soam como as notas de um piano sob pedal abafado. Estudei, mas não entendi nada. Quem sabe agora, agora... no fim... entenderei.

— Eu nunca tive a pretensão de entender. Fui só esposa e mãe. Assim aprendi com minha mãe, que aprendeu com minha avó. Para ser filha, esposa, mãe e avó é preciso não procurar entender. Melhor assim. Ou pior. Não sei. Nunca saberei. E os nossos filhos, você nunca os viu nem ouviu.

— Não sei...

— Você, que é psiquiatra, não percebe? A relação mãe-filho, pai-filho, qual a diferença, não sabe? É diferente. Sei disso, mas como sou uma mulher simples, é você quem deve ter as respostas. Não foi para isso que você estudou? Está tudo errado. O homem, e a mulher que deseja o lugar que ele ocupa, estão errados. Todos vocês estão errados, semi-intelectuais, semimaridos, semipais. Vocês são semividas. Nós, mulheres, somos também semividas, em nossa eterna insatisfação e ciúme do homem que nos deseja.

— Me perdoa.

— Não. Não perdoo.

— ...

Saiu do quarto, caminhou com firmeza até a porta e a fechou atrás de si.

Naufrágios

Ele me disse: "Você é uma vítima".

Sento-me na areia branca, e olho o mar tranquilo, um lago. Não sinto nada além do sol que arde em minhas costas. Estou tranquila também. Ao longe, um mastro de navio afundado. Este mar é um cemitério. Eu o contemplo e não penso. Sei dos cadáveres. Dos mais de mil encontrados quando um dos navios transportava escravos da África para cá.
Ainda restam esqueletos espalhados nas beiradas desconhecidas, assim dizem. Não me perturbam todas estas histórias. Até gosto de ouvi-las. Sei que são mais de cem navios afundados.
Olho para o mar, deito-me em suas águas geladas. Gelados também estarão os esqueletos.
No folheto turístico do *archipielago*, é assim mesmo que está escrito, leio que este é um dos lugares mais lindos do mundo, com noventa por cento de Mata Atlântica preservada, centenas de cachoeiras e quase quarenta praias, que se distribuem em diversas ilhas e ilhotas. A ilha de Búzios, a ilha Vitória, a ilha das Cabras e os diversos naufrágios fazem da ilha em que estou um dos melhores lugares de meu país para mergulho.

Não vou além dos primeiros passos dentro da água, não me interessam nem os barcos à vela com suas competições famosas, nem os mergulhadores com suas roupas negras coladas ao corpo.

Os cemitérios submersos, sim. Nestes gostaria de passear. Limpos, escuros, salgados. Mortos em mar não fedem. Um escritor conhecido escreveu: "Por mais que eles se lavem, os vivos, por mais que se perfumem, eles fedem".

Diz a lenda que, na praia da Feiticeira, onde se encontra a estância São Matias, segundo contam os antigos habitantes do lugar, a proprietária acumulava uma grande riqueza. Conhecida como "feiticeira", era dona de uma taverna frequentada por piratas e marinheiros que transportavam negros escravos, e comerciantes em busca de provisões e informações.

Um dia, a feiticeira, envelhecida e debilitada, enterrou seu tesouro, com a ajuda de seus escravos, em um lugar chamado Tocas e em seguida matou todos eles para evitar que contassem o segredo. A feiticeira enlouqueceu e nunca mais foi vista.

Histórias de feiticeiras fazem parte de toda infância. Continuo gostando dos livros de minha infância. Gostaria tanto de saber o que foi este período de minha vida, não sei nada. Quando olho fotos antigas, não são minhas. Não me reconheço.

Se relato experiências dessa época, estou contando histórias que não me pertencem. Todo o meu passado não me pertence. Só sei contar, mas não o sinto. Um vaso oco. Hoje sei que vivi o passado, mas não sei o que ele foi realmente. Olho-me no espelho e não me vejo.

Caminho sobre pedregulhos que me ferem os pés. Estou dentro da água. Não dentro d'água. Não são as mesmas águas. Sim, caminho dentro da água que me envolve, me abraça. Amo a água porque ela me ama. Ela é a troca entre o meu corpo e a sensação de perda. Perder é deixar-se levar. Não há luta. Não desejo a luta. A aceitação desta vida como uma forma suave, flexível, ondulante. Sem resistência.

 Nossa época — e outras, não sei — é feita da relação de resistências. Se quero me afastar da vida como a sinto, construída de maneira artificial, com desejos de poder que se expressam através de palavras mentirosas, tenho que fugir das palavras, dos nomes.

 Os esqueletos cobertos de areia não têm nome, assim como eu, cujo nome perco aos poucos, junto a meu corpo real — este que não vejo, mas é visto às vezes com espanto por alguém que olha e enxerga algo que não reconheço.

 Foi assim que ele me viu. Passava em frente a uma loja de *lingerie* onde eu experimentava uma linda camisola branca. Era Scarlet o nome da loja, e sua dona fazia elogios ao meu corpo, à minha beleza. Refletida nos vários espelhos da elegante *boutique* — eu não gostava de ficar nos cubículos dos provadores —, via-me, e fazia me ver... Sou vaidosa embora não tenha espelho em casa. Apreciava meu reflexo enevoado nos espelhos quando, repentinamente, um olhar me atravessou vindo da rua, e desapareceu.

 Saí da loja, ainda vestida com a camisola branca, meus pés ligeiros foram atrás dele. Parado na esquina, esperava.

 Sobre minha figura branca volteavam pássaros, pequenos pássaros negros.

 Estendi o braço, e o toquei. Uma faísca me atravessou. Ele me olhou com ar de espanto e reconhecimento.

 Era alto, magro, não muito. Os poucos cabelos, claros. Os olhos não eram belos, não consegui perceber a cor. Havia neles uma nuvem líquida.

 Nas outras muitas vezes em que o vi emocionado, era a mesma nuvem que aparecia. Eu o amei assim que meus dedos o tocaram. Entreguei-lhe um cartão com meu telefone. Que fazia eu com um cartão de visitas, nua, debaixo de uma branca camisola? Não importa.

Voei de volta até a loja, mandei embrulhar a camisola em papel de seda, e fui caminhando para casa.

Moro em uma pequena e antiga igreja abandonada pelos pescadores, no meio de desordenada vegetação. Do portão avisto o mar. A casa é fresca e agradável, com o chão, as janelas e as portas de madeira pintados de azul.

O seu ar de igreja persiste, com um crucifixo sobre o altar rústico que deixei ficar, e onde acendo velas todas as tardes. Na parede, restos de pintura esmaecida, executada por um Giotto caipira. Em uma das alas, fiz meu quarto de dormir. Só cama, mesa e cadeira. Sem janelas, adornos ou espelhos.

A sala ficou espaçosa; retirei os vidros quebrados das janelas, e deixei as persianas azuis. Os livros ficam amontoados em prateleiras de madeira, apoiadas sobre tijolos. Uma grande mesa e cadeiras servem tanto para comer como para escrever. Sou escritora.

Passo as tardes escrevendo, poemas, contos, peças de teatro. Nunca vi uma peça minha encenada. Os livros, tenho alguns publicados por um editor que me aprecia. É um homem especial, que trabalha por amor ao ofício e vive sempre sem dinheiro.

Tudo que escrevo gira em torno do amor. Vivi paixões, sempre procurei o amor em toda parte. Gosto de ler sobre a Cabala, não só a dos hebreus. Me interessam as práticas da magia, da necromancia e a alquimia. Deus, a natureza e o homem. "... Das três matrizes, provêm os elementos primordiais." Destes, a água é o elemento no qual me sinto mais próxima do amor.

Agora espero ansiosa o telefonema do homem cujo nome desconheço.

Ele ligou.

Convidei-o a vir para cá. Como minha rua não tem nome nem a casa, número, expliquei da melhor maneira como deveria chegar da vila, que fica bastante longe. Ele disse que viria com seu caminhão.

Quando chegou, eu já o esperava à porta. Não nos cumprimentamos, simplesmente entrou. Nada era estranho para ele ou para mim.

Sentou-se à mesa, e eu lhe servi pão fresco, comprado na vila, um pedaço de queijo, salame e vinho tinto. Só depois de comer e beber, conversamos.

— Meu nome é Paolo.

— O meu é Francisca — disse-lhe. Só neste momento passamos a ter nome. Tornamo-nos vulneráveis.

Paolo me contou que seus pais eram italianos, vindos de Bolonha. Muito pobres, sua vida de imigrantes não fora fácil. O pai fazia entregas com um caminhão, que comprou quando conseguiu juntar algum dinheiro. O mesmo caminhão em que Paolo viera até a ilha entregar móveis. Não pôde continuar os estudos, mas gostava muito de observar pinturas e esculturas que às vezes via em revistas velhas.

Nunca teve namorada, hoje, já com trinta anos, tinha desejos, fantasias, mas... não se aproximara de nenhuma mulher. Não... não era tímido, algo o impedia. Não sabia o que era. Deixou de falar. Parecia incomodado.

Eu contei a Paolo: "Nasci na cidade de Santos. Minha mãe morava lá, meu pai, só vim a conhecer mais tarde quando já estava doente, recluso em hospital psiquiátrico.

Minha mãe, de origem russa, era prostituta, muito bonita e elegante. Morreu louca. Sou parecida com ela. Meu pai, brasileiro de família rica, tradicional, tendo sido educado na França, quando voltou, ainda jovem, apaixonou-se por minha mãe. Com ela teve dois filhos. Eu, e um irmão.

Vim para São Paulo, onde estudei, cursei uma faculdade, e conheci meu pai, por quem me apaixonei perdidamente. Eu o visitava com frequência, ele não me reconhecia, tomado que estava pela doença que aos poucos o levou à morte.

Quando morreu, fomos, eu e meu irmão, até sua casa, onde estava sendo velado. Ninguém de sua família nos reconheceu como sendo seus filhos. Nunca mais os vimos.

Esta igrejinha em que moro agora fazia parte de uma grande fazenda que ele me deixou em testamento, antes de enlouquecer. Vendi boa parte das terras.

É assim que vivo. De minha vida em São Paulo até hoje, aqui na ilha, contarei depois. Muito mais complicada do que a tua, talvez não menos sofrida, quem sabe, mas sobre ela falaremos amanhã. Agora estou cansada. Vamos dormir?".

E nessa noite não conversamos mais. Dormimos como dois irmãos, um encostado no outro, com grande ternura.

No dia seguinte, Paolo saiu para conhecer as redondezas. Demorou a voltar e chegou com um sorriso. Nesta manhã não fui à praia. Trouxe a cadeira para fora e fiquei ali, olhando, só olhando, sem pensar.

Depois do almoço, que preparei com um cuidado especial, ele disse que tinha de ir à vila, e saiu com o caminhão. Voltou com uma quantidade de tábuas, enxadas, caixas com material de construção. Começou imediatamente a serrar, a trabalhar na criação de um banco.

— Você precisa de um banco e de uma mesa aqui fora. Assim poderá escrever, e descansar neste matagal que vou limpar quando terminar este trabalho.

Passou a semana toda serrando, martelando, desmatando. Eu continuei minha vida de sempre. Porém tudo tinha mudado. Estávamos alegres.

Só falávamos à noite, depois do jantar, sentados ao lado da mesa, com o lampião aceso, uma garrafa de vinho tinto, dois copos. No fogareiro, uma panela com água quente para o café. O único ruído era o do vento e das ondas do mar. Estávamos no Paraíso e eu, pela primeira vez, sentia-me preguiçosa, não tinha vontade de ler nem de escrever.

Às vezes, abríamos sobre a mesa os grandes livros de arte que eu possuía. Debruçados, íamos percorrendo as imagens. Tempos depois, passei a ler poemas em voz alta, que ele, sentado no chão aos meus pés, ouvia com os olhos cerrados. Aqueles olhos cuja cor nunca consegui decifrar.

Ao nos deitarmos, nosso amor era moderado, quase casto. Ele, que se deitara ao meu lado virgem, e eu — que posso agora dizer sem pudor, já fui puta, puta de luxo, sim, fui sim — sentia-me tão virgem quanto ele. Nossa proximidade era de uma continência que nada tinha de reprimido. Ao contrário, éramos livres como a natureza que nos cercava. Depois do amor apaziguado, ficávamos deitados sempre de mãos dadas.

Passaram-se quatro anos. O jardim floresceu, as paredes da casa cobriram-se de trepadeiras de glicínias, brincos-de-princesa e damas-da-noite. Nos fundos do terreno Paolo construiu um barracão, onde começou a esculpir em grossos troncos de árvores secas. Tinha imensa habilidade manual. Bastante primitivas, suas esculturas eram fortes e sensuais. Aos poucos, seu corpo também se transformou, foi tomando a forma de um deus mítico, com a longa cabeleira branca, desbotada de sol. O corpo antes frágil, com o trabalho ao ar livre, tornou-se musculoso. Parecia mais selvagem, porém os olhos, ainda doces e fracos, mostravam uma vocação para a ternura que não o abandonava, especialmente quando estava ao meu lado.

Eu, ao contrário, tornei-me ociosa, indiferente, um tanto apática e descuidada. Em silêncio, ainda escrevia poemas de amor.

Voltei a andar com os pés na água, perdida na suavidade das pequenas ondas que se deslocavam ao passar por mim.

Passado este tempo, não me atraía mais a presença do corpo de Paolo ao meu lado, que passara a dormir na sala; no entanto, era cada vez mais importante para mim tê-lo por perto. Ele cuidava de tudo, saía às compras com seu caminhão, cuidava também dos cães que eu trazia para casa, quando os encontrava, famintos, em minhas andanças.

Um dia, ao voltar de meus passeios, encontrei, sentada em frente à porta, uma jovem bonita e simples, que me esperava.

— Bom dia. Estou aqui para lhe fazer um pedido.

— Sim?

— Eu e Paolo resolvemos nos casar, e vim pedir sua permissão.

Olhei a menina com curiosidade e simpatia. Gostei dela. Seu nome, Maria.

Nada em casa mudou. Só uma pessoa a mais, quieta, delicada, e que me ama, assim como Paolo, que não deixou de me amar.

Agora sento-me na praia olhando o mar com seus afogados. À noite, ouço vozes do mar que ninguém mais ouve. Por que só eu? Não estou louca. É verdade que venho bebendo todas as noites, e durmo mal. Mas sei que realmente escuto o que vem do mar. Reconheço a voz de meu pai. Sento-me no banco à noitinha, chamo Paolo e Maria.

— Ouçam, ouçam, é papai falando comigo. Vocês não ouvem?

Eles não ouvem, e olham para mim com espanto — ou será medo? Acham que estou enlouquecendo. Mas não estou. É que meu pai só quer falar comigo. Com mais ninguém.

As palavras de Deus e as de meu pai precisam ser interpretadas, e só eu consigo fazê-lo. Minha linguagem é simples demais para dizer o que sou capaz de compreender.

Enquanto todos dormem, caminho na água. O útero da vida me chama. Para lá vou, devagar a água me acolhe, me abraça.

Ele errou: não sou uma vítima.

Claude e Maude

Queria escrever sobre a velhice, mas, estando no seu limite, como um peixe ela me escapa. Volto a lançar meu anzol.

Eu os conheci num balneário. Um daqueles decrépitos hotéis do começo do século. Branco, colunatas, escadarias de mármore roído. Grandes vasos também brancos, algumas estátuas, cópias baratas em gesso.

Estava lá por ordens médicas, depois de uma operação de vesícula. Além de beber a água com gosto de enxofre, de andar no jardim um pouco abandonado, eu não tinha mesmo muito o que fazer. Trouxera alguns livros, porém me entediava; escrever era cansativo, e minha distração favorita era observar os hóspedes que, por sua vez, pareciam fazer o mesmo.

Eles estavam pálidos e sem fôlego após a subida de uma escadaria que levava às águas.

Maude era magra, seca, um rosto obstinado, com mandíbulas cerradas, olhos duros atrás de óculos sem aro. Seu cabelo era muito branco e liso. Uma franja cortava a testa.

O marido, ao contrário, tinha uma expressão suave, um sorriso galante. Alto, magro, vestia com elegância um paletó velho um pouco amarrotado. Teriam os dois uns oitenta anos.

Nunca me interessaram os velhos, mas agora olho-os com certo cuidado, certa atenção; mais do que isto, com uma espécie de carinho.

São eles que carregam o peso da mortalidade, e o sentem.

Não tenho piedade — a piedade me repugna. Amor e curiosidade, sim.

É deles o mérito de ter vivido e receber no fim, como recompensa, a dádiva da dor maior — da despedida. Deve ser difícil se despedir.

Com os dedos trêmulos, seguram suas canecas e falam comigo, agora já menos ofegantes. E porque o cansaço não lhes é bastante para que possam finalmente se desprender deste mundo pegajoso, de estranho encanto, continuam com as mãos e os pés incertos, com os olhos enganados pela luz que ofusca.

Não creio que a morte seja tarefa tão árdua quanto a vida. Ao contrário. Tarefas são próprias da vida. O descanso, não. Por isto me custa tanto descansar. Fujo dele e, no entanto, quando me leva para aquele limite do sono, é bom.

Gostaria de conhecê-los, Claude e Maude, pela única razão de que são velhos e têm uma história. Todos têm. Passarei a procurá-los.

Tomamos nossas refeições juntos. Conheceram-se muito jovens, quando eram alunos na Escola de Medicina. Já formados, foram trabalhar na Etiópia como estagiários do Instituto Pasteur. Nunca deixaram de ser pesquisadores de laboratório. Ambos escreveram alguns livros de importância relativa. Livros científicos são sempre de importância relativa. Soa arrogante dizer isso, mas é minha fraqueza querer dar uma opinião de vez em quando. Procuro fugir do assunto "velhice", que é doloroso para mim. Acabarei escrevendo sobre minha dificuldade em enfrentá-lo.

Tiveram cinco filhos homens. Um misto de preocupação e orgulho aparece em seus olhos quando falam dos filhos. Claude sorri mais, é comunicativo, fala com facilidade. Maude se cala, a boca, sempre amarga, dificilmente sorri.

Eu os vejo sentados no banco do jardim. Falam olhando para longe. Ouço suas vozes misturadas.

— Esta noite eu não dormi nada. Eu também não. Mas você não acendeu a luz. Fui ao banheiro três vezes e você nem se mexeu. Mas eu ouvi. Eu também fui ao banheiro e você não ouviu. Devia ter pegado no sono naquele momento. O jantar pesou no estômago. Para mim também. Deveríamos comer pouco no jantar. Menos do que já comemos? É. Não sei, aquele remédio que tomo para a digestão não está mais adiantando. É. Maurice. O quê? Você acha que ele virá nos ver neste fim de semana? Não sei. Ele não está nada bem. O caso com aquele amigo é estranho. E por que tinha que se casar se é homossexual mesmo? Aquele casamento é absurdo. E o nosso, não foi? Como assim? Você nunca vai esquecer? Você nunca esquece nada? Vou esquecer que você teve uma amante louca por tantos anos? Sim. É claro. Isto já foi. E o que importa o que já foi? O que foi é. Você sempre me enganou e eu sempre te odiei. Eu sei disso. Sabe, sabe nada! Tuas escapadas. E eu em casa com as crianças. Esses meninos. Meu Deus, que horror, criar cinco filhos, cinco homens, todos pedindo, todos exigindo, nunca deixaram de me sugar os peitos. E o meu leite é infinito por acaso? Acabou, secou meu leite. Não quero dar mais nada. Também não quero mais nada para mim. Você está amarga. Eu não estou amarga; eu sou amarga, graças a todos vocês. Não nos culpe pelo teu mau humor. Eu? Mau humor? Só lembro de mim deitada. Deitada para receber de você, não o amor, mas teu sexo, deitada para parir cinco vezes. Deitada para amamentar. Deitada doente. Deitada chorando por mim, por você, pelos filhos. Um dia vou me deitar definitivamente e largar tudo.

E por que não larga agora? Sim, por que não o faz? Não o faço porque estou velha, cansada. Não tenho mais nada a fazer, só as dores nos ossos e na alma. Você não sente o mesmo? Sinto. Pior que isto. Sinto as dores todas, e também a culpa. A culpa por ter te tratado mal, a culpa pelos filhos infelizes. Quase todos. Que pensa você, Maude, que só você sofre? Que só você tem este privilégio? Ou que irá para o céu? Não iremos para o céu nem para o inferno. Não tenho a menor ideia de que diabos estamos fazendo aqui. Nem sei por que tomo essas águas malcheirosas, por que tomo remédios que nada ajudam, por que vou ao médico, tiro a pressão, faço exames de sangue. Não tenho a menor ideia de para quê vim. Aqui, no mundo, neste mísero mundo. E quero ficar, ficar para sempre, não tenho coragem de dizer tchau, bye bye, chega desta terrível cagada que é minha vida, e ainda assim de repente, quando ouço uma cantata de Bach no rádio, quando às vezes tomo um copo de vinho que me agrada, e o ar cheira suavemente à tília, eu bendigo a vida, esta maravilha, este encanto que é estar vivo, sentir tudo isto. E então é a poesia, esta poesia, que me mantém aqui, e eu então não quero morrer. Chega, Claude, chega. Pare com isto. Vamos andar um pouco.

Hoje é domingo. Um domingo de sol. Lá longe vem o som de um sino de igreja. Sinto-me bem. Dormi bem. Vou convidar Claude e Maude para um passeio à aldeia vizinha. Quem sabe comeremos lá. Chega desta comida de hotel. Pedirei um vinho tinto. Um bom vinho tinto.

Vamos, coragem, vamos lá. Vou pôr uma roupa melhor. Aquela calça marrom com o casaco de *tweed*. Não, a calça marrom foi a que usei no enterro de minha mãe. A calça marrom, não.

Saí pelo longo e malcheiroso corredor, bati na porta do velho casal. Como não respondiam, desci.

Vou procurá-los no jardim. Já devem ter tomado o café. Procuro-os, pergunto por eles.

Volto ao seu quarto. Bato na porta. Começo a me inquietar. Peço ao gerente que abra a porta do quarto.

Lá estão eles deitados, bem cobertos, segurando um a mão do outro. Calmos, brancos, dormem. Não, não é sono o que vejo. É um silêncio, um silêncio fundo. O silêncio que se ouve quando se está só, no mais alto da mais alta montanha. Com todo o universo em volta. Quando você acha que descobriu o sentido da vida.

Foi nesse grande silêncio gelado que os encontrei. Dois frascos vazios.

Ano Novo

Feiguel ou Feiga, como o nome polonês indica, tem cara de passarinho. O olho redondo pisca e lacrimeja. O nariz adunco, mesmo depois da cirurgia, continua agudo. A boca fina, os dentes pequenos, amarelos. Não é feia.
Nunca a vi completamente nua. Quando fazemos amor, não gosta de ser vista. Apaga as luzes, fecha as persianas e as cortinas.
Sinto sua pele suave. Os seios são pequenos, o sexo, agradável. Nunca sei realmente se gozou ou não. Dá uns gemidos, poucos e fracos, mais como suspiros. Quando pergunto, diz que sim, mas a voz é fria, quase seca.
Já decidi não voltar — e volto. Ao sair, dou-lhe um beijo, mais de obrigação que de vontade. Ela afasta o rosto.
De seu passado, só consigo saber algo quando está bêbada de vodca-martíni, que prepara com esmero. Enquanto tomo um uísque com gelo, vagarosamente, ela já tomou três drinques. Tento tirar sua roupa, mas só chego até a calcinha e o sutiã. Sempre pretos.
O que possui de belo — e é a única coisa delicada, e que contrasta com o resto — são as mãos, de longos dedos e unhas pintadas de vermelho, da cor do batom, que retira com cuidado antes de nos deitarmos em sua cama desproporcionalmente enorme e suntuosa.

Os cabelos, antes grossos e crespos, com o tempo tornaram-se finos e ralos. Às vezes tenho na boca fios que se desprendem de sua cabeça grisalha.
Por que continuo vindo? Preguiça de encontrar outra.
Cada vez falamos menos. Parecemos dois personagens com os corpos enterrados na areia.

Gosto de Beckett. Aliás, a única coisa a me sustentar é a leitura. Quando acordo em meu quarto de solteiro, olho à minha volta e vejo livros, fico feliz. Mesmo que não os tenha lido todos, sei que estão à minha espera. Me agrada o prazer antecipado de possuí-los. De meu, só tenho os livros e a música, que deixo tocando mesmo quando saio.
Trabalho como garçom em um café e estudo teatro à noite. Tenho vinte e sete anos. Feiguel, cinquenta. Não vou à sua casa todas as noites, somente umas duas ou três vezes por semana.
Ela já me pediu em casamento. Não sei por que quer casar. É rica, mora em um belo apartamento, tem duas empregadas e um motorista. Já passou da idade de ter filhos. Não os teve. Viúva, herdou a fortuna do marido.
Não me queixo da vida. Tenho planos, e neles Feiguel não está incluída. Qualquer dia desses, eu a deixo com seus potes de cremes, xampus e perfumes, com sua casa sempre arrumada e os armários repletos de roupas que não usa. Veste sempre uma saia listrada, o casaquinho justo, com o botão de cima aberto. Os sapatos, por mais caros que sejam, parecem tortos e usados. Deve ter sido pobre. Não importa o quanto se lave, se esfregue, a pobreza está entranhada. Se faz notar ainda mais quando já desapareceu de verdade. A mancha se vai ao esfregar, mas fica o halo em sua volta.
Eu, que não tenho nada, possuo um ar de elegância inata, de quem já possuiu muito. Será minha juventude intocada? Meu ar de limpeza? A camisa sempre branca, meu único

par de jeans colado ao corpo sem uma ruga. Gosto de minha aparência. Olho-me muito nos espelhos do restaurante e das vitrines, e aprecio o olhar das mulheres sobre mim.

Em tudo sou diferente de Feiguel. Nunca me entedio. Ela vive preguiçosamente entediada. Apesar da vasta biblioteca, fechada, só folheia revistas, nunca as lê. Somente as legendas sob as fotos.

Tem aulas de ginástica, ioga, visita médicos e compra remédios que não toma, ou toma e diz que lhe fazem mal. Vê tevê durante o dia e à noite bebe até dormir.

Antes de adormecer, olha para mim e diz: "Não aguento mais". Eu não respondo. Ela continua: "Eu não aguento mais". E adormece.

Os raros domingos que passamos juntos são silenciosos. Gosto disso. Sento-me à janela, observo ao longe uma paisagem que, de aparência imutável, vai se transformando a cada instante, conforme a mudança da luz. Posso ficar horas olhando as pequenas transformações que ocorrem, ouvindo Mozart no esplêndido toca-discos, que Feiga deixa ligado em alto som.

Sou eu que preparo o almoço. Salada de salmão, pepinos e kani, acompanhada de um saquê gelado. Ela não fala. Nem sei se ouve a música ou não. Deitada no sofá, fuma. Coisa que odeio. Não o ato de fumar, mas o cheiro, que atrapalha o prazer que sinto ao olhar para fora, ouvindo Mozart.

Nesses dias não fazemos amor. Não tenho vontade e ela não mostra interesse. Às vezes, lixa as unhas e retoca o esmalte vermelho.

Adormeço no sofá ao lado da janela, e os sons, os minúsculos ruídos de uma mosca que passa, o perfume que vem de fora, misturado ao cheiro de cigarro e esmalte, tudo isso me transporta para uma região que desconheço, e que no sono encontro sempre. Uma planície. Uma fogueira que arde e, ao fundo, montanhas cobertas de neve. Um dia, me deparei com essa imagem de sonho em um filme.

Ao anoitecer, despeço-me com um beijo em seu rosto. Não desejo sua boca. Ela se afasta, e diz apenas: "Não aguento mais".

Entro no carro, e suas palavras não ressoam. São sempre as mesmas, já me acostumei.

Era noite de Ano Novo. Fui a um bar onde fiquei tomando uísque da maneira que gosto, lentamente, duas pedras de gelo e um pouco de *club soda*. Em momentos como esse, gosto de pensar na imagem recorrente de meu sonho. Ela traz a paz de que necessito.

À meia-noite, com o vozerio das pessoas já embriagadas, não só pela bebida, mas também pela falsa alegria da passagem de ano, pensei em Feiguel e resolvi ligar para ela. Depois de longo tempo, ela atendeu com voz sonolenta.

— Como está você? Ligo para desejar um Feliz Ano Novo.

— O quê? Ano Novo?

— Sim.

Fiquei calado, sem saber o que dizer.

— Por que você está me ligando? Estou dormindo.

— Nada. Só porque quero lhe desejar um Feliz Ano Novo.

— Não seja idiota.

— O quê?

— Sim! Não seja idiota.

Fiquei perplexo. Murmurei:

— Está bem. Boa noite.

Desliguei o telefone e, pela primeira vez, tive pena dela. Pedi mais uma bebida, e voltei para o meu quarto, já tonto, onde dormi até o dia seguinte, que foi chuvoso e triste.

A morte no olhar

Chamavam-na de Madame Liuba. Ainda muito jovem, já era assim denominada. Quer fosse pela imensa riqueza de que era dona, pela postura real — a cabeça erguida e o olhar, uma mistura de incredulidade e desdém apesar do sorriso tímido —, sempre impôs respeito e até mesmo certo medo.

Embora feia, era elegante. Faltava-lhe clareza ao se exprimir. As palavras, entrecortadas por um silêncio que perdurava até provocar mal-estar nos que estavam à sua volta. Os conhecidos diziam que esta era sua forma de manter-se afastada, de não permitir maior intimidade.

A única que ela deixou realmente se aproximar fui eu. Não sei se porque me conhecia desde pequena, quando eu brincava na areia com um baldinho e uma pá de madeira, debaixo de sua tenda branca, nas areias de Guarujá.

Naquela época já era mulher madura. Não tinha filhos e sorria para mim com doçura. Sentava-se recostada em belas almofadas marroquinas, bordadas de brilhos que me fascinavam.

Vestia-se inteiramente de branco, a cabeça coberta por imenso chapéu. As mãos, de longos dedos, protegidas por luvas de seda branca, seguravam um livro semiaberto, que ela raramente lia. Seus olhos, atrás de grandes óculos escuros, permaneciam voltados para o mar.

Quando se erguia para ir embora, era o único momento em que eu podia beijá-la sem, no entanto, aproximar-me demasiado para não sujá-la de areia. Sentia então o forte perfume que mais tarde soube chamar-se *Joy*, de Jean Patou. Apesar do rosto coberto de creme causar-me certa repulsa, eu gostava do cheiro. Naquela época eu só sentia cheiros. Perfumes passaram a existir bem mais tarde.

O SONHO DE LIUBA

"Ando por uma enorme loja de antiguidades. Salões repletos de velharias. Misturas de estilos e épocas diversas. Tudo tem o ar de falsificação. Cheiro de poeira. Cabeças romanas em gesso, lustres de cristal, leões de pedra, imensos vasos chineses e tapetes, muitos tapetes pendurados nas paredes, amontoados no chão de mármore branco e preto. Apanho um tapete muito velho e sujo. Rasgo um pedaço com o qual cubro meu corpo nu. Saio desapercebida, consciente de meu roubo.

Na rua, um homem corre atrás de mim, gritando: 'Ladra, ladra!'. Consigo escapar.

Aparece minha mãe e volto com ela para a loja. Sou reconhecida. Saio correndo. Minha mãe me deixa só na rua, com o sentimento de que estou doente e serei enviada para um asilo."

A DOENÇA DE LIUBA

Quando tornei a encontrá-la, eu era já mulher feita. Todo esse tempo, passei por tantas vidas que, se fosse escrever sobre mim, daria um livro sobre Guitel, e não sobre Liuba. Portanto, tento voltar a ela. Mas como esquecer desta Guitel que, quando fala de Liuba, está falando também de si própria? Procuro fazer a paz entre nós duas. Sou sempre eu e você, ou sou você apenas quando escrevo?

A Taste of Honey é o disco que estou ouvindo. Sou terrivelmente romântica, assim como Liuba, que me contou toda a sua história.

Sofria de uma doença que só ela conhecia. Os médicos que a frequentavam diziam sempre a mesma coisa. Depressão. Ela ria, e abandonava os médicos chamando-os de incompetentes e incultos. Mas depois chamava-os de volta. A doença que somente ela conhecia, que nenhum médico ou psiquiatra seria capaz de descobrir, era o segredo da Esfinge.

Uma espera por Édipo. Que nunca chegou. Seu segredo foi-se com ela.

Ao me receber em seu quarto amplo, às vezes estava deitada, outras, sentada em uma poltrona de veludo ao lado de um terraço que dava para o magnífico jardim.

A casa toda era rodeada por jardins, que ela amava com cuidados e interesse especiais.

Falava comigo como se estivesse sempre esperando uma resposta. Mas não me permitia responder. Pensei muito sobre esse questionamento etéreo, suspenso, uma interrogação sempre presente.

Sua busca girava sempre sobre o mesmo problema: o amor por um homem que conhecera durante uma viagem a Paris. Este desapareceu repentinamente, assim como tinha aparecido numa Sexta-Feira da Paixão.

Em um dos muitos cruzeiros de navio que fez para a Europa, eu fui como sua dama de companhia. Visitamos vários países, entre eles a Áustria onde ela tinha estudado e se formado em filosofia.

Sua família, vindo originalmente do Império Russo, perseguida pelo czar, instalara-se na Alemanha. Eram já ricos e poderosos quando tiveram que fugir novamente das perseguições aos judeus. Vieram para a América do Sul trazendo consigo vultosa fortuna, que foi aplicada em terras e florestas, aumentando ainda mais o imenso capital.

O avô conseguiu trazer para o Brasil seus irmãos, cunhadas, tios e sobrinhos. Não só crescia a família, como também o império agrícola, comercial e industrial de que todos faziam parte. Juntos fundaram escolas, construíram sinagogas e hospitais.

Terminada a guerra, Liuba, a mais nova das netas, foi enviada a Viena, onde não só estudou filosofia como se interessou por psicanálise. Ela, que admirava os criadores da psicanálise, manifestava porém profundo desencanto com os psicanalistas, que considerava "gigolôs da alma humana". Sentia ter perdido algo de importante: a paz do verdadeiro conhecimento. Dizia ser pior a dor da morte daquele que continua vivo do que de quem desaparece para sempre. Referia-se não só ao pai, mas também ao único homem a que se entregara realmente, e que desapareceu sem deixar palavra.

O pai havia morrido de maneira misteriosa. Seu corpo foi encontrado no jardim, ao lado de uma folhagem rara e escura com pequenas flores brancas, designadas, nas placas de botânica, como heléboros brancos ou Flor da Verdade.

Era ele que as plantava com sementes que mandava vir de países distantes e que cultivava em seu herbário, junto a uma quantidade de plantas exóticas.

Sua morte nunca foi discutida em voz alta, mas sussurrada pelos cantos dos salões, longe das crianças. O mistério perpetuou-se com as diversas hipóteses levantadas pelos médicos, que mais confundiam do que elucidavam a questão.

Liuba lembrava-se de que no dia em que o pai morreu tinha ouvido gritos e choro no quarto dos pais. Uma briga violenta. O nome do irmão de seu pai surgia no meio dos gritos. Percebeu que se tratava de algo que envolvia o tio, o mais querido e respeitado membro da família.

Depois de seis meses, em que a mãe guardou luto apenas nas roupas, pois seu rosto resplandecia e parecia ter recuperado a juventude, deu-se o grande escândalo familiar. A mãe casou-se com o tio querido.

Desde então, Liuba refugiou-se nos estudos e, tendo recebido parte da enorme herança do pai, comprou a majestosa casa onde morou até o fim de seus dias. Nunca mais quis ver a mãe e afastou-se de toda a família.

Visitava com frequência o túmulo do pai num pequeno e antigo cemitério, onde o rico mausoléu em mármore negro contrastava com a simplicidade das lápides que o rodeavam.

Não levava flores, mas acendia uma vela e depositava a pedrinha branca e polida que carregava consigo no bolso, presa na mão fechada.

Rezava em hebraico, apesar de não entender o significado das palavras. Depois rezava novamente em português. Não mais uma reza, mas uma conversa com o pai que, ela tinha certeza, a ouvia e, às vezes, respondia.

Quando saía do cemitério e entrava no carro, com o motorista que a aguardava ali parado, sentia alívio e bem-estar.

Conseguira matar dentro de si a família, todos eles. Estar fora era a maneira que encontrara para continuar a viver. Matar para viver. Seria esta a resposta para todas as perguntas? Matar — a grande metáfora, a derradeira? Não seria este o único significado digno para a morte encontrado no Gênesis?

Parecia-lhe que tinha encontrado a resposta.

O MAL

— *A vida, o mistério com toda a sua beleza, é o que mais se aproxima à morte real. Uma, conhecida e amada, a outra, a espera... Não há mais separação, os mortos continuam tal como tinham sido em vida. Os bons e os maus, não há julgamento. Nenhum Deus julgador está lá para puni-los. Tudo isso são invenções dos homens que procuram se redimir por razões diversas, assim como eram diversas as épocas em que o arrependimento seria a forma de encontrar a salvação. De quê? A punição sempre foi do homem para consigo ou para com o outro. Nunca houve Deus punidor, pois este não julga. Só está ao lado do homem, presença constante de interrogação no fundo de sua alma. O mal foi sempre um enigma. Como superar a contradição entre a existência de Deus e a existência do mal?*

Liuba procurava na filosofia e no estudo dos mitos a explicação para a origem do mal, mas só encontrava respostas que não a satisfaziam.

Ao voltar do cemitério, entrava na casa sempre gelada. O enorme saguão de mármore com uma só empregada vestida de negro, a gola e as luvas de algodão e o avental branco, que a cumprimentava silenciosamente com um leve sorriso. Todos os empregados a amavam, apesar de não trocar sequer um olhar com eles. Para chegar ao salão atravessava uma galeria repleta de quadros de pintores da Renascença, de um lado, e, de outro, sobre um estrado, uma sequência de estátuas gregas e romanas, além de um cavalete com um pequeno quadro em evidência, uma *Virgem com o menino*, atribuído a Leonardo da Vinci.

No final do corredor, a biblioteca, toda em madeira e vidro, com uma poltrona e um abajur. Era um lugar de silêncio e recolhimento, onde Liuba passava horas de seu dia, quando não se encontrava em seu quarto de dormir. Raramente ficava no salão que, apesar de vazio, tinha sempre a lareira ardendo. Era ali que estavam dispostos os objetos em bronze de uma coleção de arte oriental. Nenhum quadro nas paredes com altas janelas cobertas de veludo adamascado cor de ouro. Deste salão passava-se a outro, igual em tamanho, onde não havia sequer uma cadeira. As paredes inteiramente ocupadas por longas vitrines com uma impressionante coleção de *judaica*, desde lâmpadas de *Hanukah* raríssimas, alemãs, holandesas, marroquinas, copos de *kidush* de prata, vidro esmaltado, um par de belíssimos copos de cristal rubi de 1860, com inscrições em hebraico, um para a Páscoa, e outro para o Ano Novo, até raros jogos para a circuncisão em prata antiga dentro de caixas forradas com seda.

O brilho das lâmpadas de *Shabat*, penduradas do teto atravessado por grossas vigas, criava uma luz própria, serena, muito especial. No centro, um foco pousava sobre uma Torá em ouro e prata com o Decálogo escrito em hebraico. Ao contrário dos outros aposentos, este era um lugar que nada tinha de uma fria sala de museu ou exposição de colecionador. Provinha dali um clima de devoção e beleza que se devia não só aos objetos expostos.

No entanto, eram raras as ocasiões em que sua dona ali entrava. As visitas, quando vinham, ficavam no primeiro salão. O segundo, com os objetos sagrados, permanecia trancado por pesadas portas. Ninguém entrava exceto os empregados para a limpeza e eu, que pedia permissão para ficar ali silenciosa, em estado de oração. Nesses dias ela não me acompanhava, mas pedia que subisse ao seu quarto depois destes momentos de reclusão íntima.

Quando entrava em seu quarto eu a via, se fosse inverno, sentada com seu mantô de *vison* e sapatilhas de tricô que vinham até os joelhos, além da manta de lã que ela empurrava impaciente com os pés, quando sentia calor.

Uma mesa redonda, coberta por rica toalha, estava sempre posta com porcelana alemã e copos de cristal. Quando me convidava para almoçar, comia pouquíssimo, com ar de desgosto, apesar do requinte com que eram servidas as refeições nas travessas de prata.

No verão, passava parte do dia no terraço rodeado de portentosas árvores, misturadas aos ipês coloridos. Tinha sempre um livro sobre os joelhos e gostava de falar sobre o que lia. Não tinha paciência para dar atenção a outra pessoa, quase só ela comentava o que estava lendo. Não gostava de ser interrompida. Eu ficava ali, ouvindo sua voz um pouco rouca, entrecortada de silêncios como era seu costume. Não que seus silêncios pedissem resposta. Não era isto.

Costumava dizer que o que lhe agradava realmente era a boa literatura, e boa literatura — *eu sei qual é, e não é para ficar procurando e lendo tudo que surge, pois tem muita coisa ruim e a gente perde um tempo enorme só para encontrar algo que valha a pena. Por isso nunca escrevi. Para quê? Borges tem razão, a gente tem que ler mesmo aquilo que já conhece e acha bom e sabe que é bom... A Gertrude, de quem não gosto, e nem sei por que acabei lendo, dizia que basta escrever meia hora por dia, todos os dias, e teremos montanhas de páginas escritas. E quem quer montanhas de páginas escritas...?*

Aí voltava ao silêncio, e ficava absorta em pensamento. No que poderia estar pensando? Em Gertrude? Não sei, provavelmente só estava com sono e cochilava de olhos abertos. O que realmente indicava que estava prestes a dormir. Eu me retirava em silêncio.

Quando queria me ver novamente, mandava a governanta telefonar para o meu pequeno apartamento de estudante. Nem sempre eu me encontrava em casa e, quando entrava, ouvia a campainha a tocar insistente.

Sei que ficava aborrecida quando eu não podia ir vê-la. Nessas horas, queixava-se de dor no peito, nas costas, de falta de respiração. Dizia que ia morrer e que precisava que eu fosse vê-la imediatamente. Algumas vezes eu ia, outras não. Ela queria o presente imediato, o presente presente, e isto eu não podia lhe dar. No fundo, nunca quis que eu a entendesse, nem se dava realmente a conhecer. Mesmo assim creio que a entendia melhor do que qualquer outro.

Comprei um caderno, onde fui anotando seus monólogos, não porque fossem especiais, mas porque necessitava guardar comigo a lembrança desta mulher que de alguma forma considerei como mãe. Eu, que não tive mãe nem pai, ambos mortos em campos de concentração, fui criada por um casal de tios que me encontraram, ainda com seis meses, em uma casa de crianças extraviadas, nos arredores de Paris.

As falas entrecortadas de Liuba surgiam de um mundo que poderia ser mítico, mesmo quando vinham de uma experiência individual.

— *Não é verdade que o homem nasce de um ato de amor. Os homens se odeiam uns aos outros. É o que vemos com o olhar cego, pois aprendemos desde a infância a importância do amor e procuramos encontrá-lo e criá-lo segundo moldes que a religião e a ética nos ensinaram. O amor do homem é uma farsa. A família é uma união artificial criada pelo homem por conveniência e hipocrisia. O que há por baixo dessa farsa? Vontade de poder, submissão ao poder, jogo erótico, busca do prazer individual e solitário, sob a capa enganadora da necessidade de união.*

Relendo o que tinha escrito em meu caderno, algo que fazia raramente, eu procurava saber o que se passava com Liuba, o por que de seu amargor e desilusão. Entendi um pouco melhor quando me contou sobre o fracasso que considerava sua vida sem filhos ou amigos. Seria essa a doença que "só ela conhecia"? Aquilo que acreditamos possuir através do dinheiro, será isso o que nos afasta do mundo? Nada como o dinheiro para desvirtuar o nosso senso de realidade.

Qualquer coisa é idêntica a ela mesma

Liuba e Max, na verdade Maximilian, se conheceram em uma Sexta-Feira da Paixão, na catedral de Notre Dame de Paris. Tinham ouvido a missa sentados um ao lado do outro e trocaram palavras de cortesia. Ao terminar, desceram juntos os degraus, em silêncio. Continuaram caminhando como sob um acordo tácito, parando em frente às barracas que ladeavam o Sena. Olhando apenas, sem dizer palavra.

Ainda sem falar, entraram em um café na esquina da Rue du Bac e tomaram uma taça de vinho tinto.

Max foi o primeiro a se apresentar e a romper o silêncio. Quando soube que Liuba vinha do Brasil, teve um sobressalto. Disse que sempre quisera conhecer esse país, e começou a contar-lhe um sonho.

"Estou dentro de uma floresta. Moro numa cabana. A única roupa que uso é um calção que me vem até os joelhos. Ando descalço. Carrego comigo uma sacola de plástico pendurada no ombro ou no pescoço. Nela junto o mato que vou recolhendo em volta da casa e que, depois, cozinho em um fogão de lenha... Há uma mulher na cabana que deve ser minha esposa, pois está sempre me recriminando. Diz que se eu continuar a comer o mato da floresta, vou morrer de escorbuto. Não sei o que significa essa palavra.

A mulher é bonita. Tem o rosto redondo e a pele é rosada, porém come bifes de carne sangrenta.

Um amigo me acompanha nos passeios. Tudo que sei dele é que foi ministro de um governo da França. Minha mulher pergunta: 'O que faz um ministro francês colhendo mato ao seu lado?'. Eu não sei responder. Na verdade, não tenho a resposta pois Mich, que é como o chamo, não diz nada. Passa os dias calado. Às vezes responde com monossílabos a perguntas que minha mulher lhe faz."

Liuba o interrompe:

— E a mulher do sonho, qual é o nome dela?

— Não sei. Acho que só mulher.

— E Max e Mich, o que são?

— Não sei. No sonho, a mulher diz que parecemos dois personagens de Beckett... Como não leio, só escrevo, não conheço o autor.

Terminada a conversa, saíram para a rua já tontos de vinho e dirigiram-se à casa de Liuba, que ficava no Quai Voltaire e de cuja janela podia se ver o movimento dos *bateaux-mouches*.

Depois de olhar o movimento dos barcos e a vista imponente da catedral de Notre Dame, onde tinham estado de manhã, perceberam que tinham fome. Já era o fim da tarde, e Liuba preparou dois sanduíches em sua imensa, negra e brilhante cozinha.

Assim, sentados, comendo os sanduíches de presunto e queijo, continuaram a beber o vinho retirado de um armário climatizado especialmente para as diversas garrafas ali deitadas.

A riqueza de Liuba era indiferente a Max, que parecia nada notar. Nem a mulher ao seu lado.

— Então você é escritor?

A resposta veio como uma sentença. De morte.

— Sim. Mas até agora tudo que escrevi é testamento. Hoje na Catedral, enquanto ouvia a *Paixão Segundo São*

Mateus, resolvi que não farei mais nada que signifique fim. Nada será testamento, pois tudo será vida. Como não há tempo para escrever um romance ou uma tese, escreverei contos curtos e até banais. Quem sabe não dirão o mesmo?... Ainda tenho fome. Você não terá algo que se possa comer além do sanduíche de queijo?

Liuba entrou na magnífica cozinha e fritou alguns ovos com linguiça. Ficaram comendo na sala enquanto olhavam as luzes sobre o rio. Ao terminarem mais uma garrafa de vinho, se dirigiram para o quarto, onde se estenderam na cama branca e convidativa. Dormiram sem se tocar — e foi como nasceu uma relação feita de duas identidades iguais a elas mesmas.

Debaixo da asa é sempre quente

(Fragmentos)

I

Você olha pela janela. Vem um ruído de gente falando lá da sala. É a mesma janela de antes, os ruídos são os mesmos, mas você não está mais.

Sua filha está sentada à mesa da biblioteca. Está desenhando. De um lado, um copo com uísque, do outro um copo de água preta do nanquim com o qual ela desenha. Distraída, ela toma o líquido negro. Cospe, corre até o lavabo branco e continua cuspindo. Olha no espelho e vê a boca, a língua, os dentes — pretos.

Tem o ar preocupado. Eu sei que não vai lhe fazer mal. Quero dizer: ter engolido a tinta de seus desenhos, claro que não. O uísque lhe fará mal maior. Ela corre para a sala. Ouço risadas. Eles continuam iguais. Nada mudou. O lugar que pensei ocupar não existe, nunca existiu.

Não há buraco. Não há vazio. Você esteve ou não esteve. Não há buraco no lugar que você deixou de ocupar. A morte não deixou nada no lugar.

2

Quem é que se lembra do que aconteceu na noite de 9 de novembro de 1938? Eu tinha dez anos e sonhei um sonho que me acompanhou a vida toda. Elmsmére e eu estávamos no teto de um grande prédio. O chão parecia coberto por uma colcha que se movia como se tivesse alguém engatinhando por baixo. A colcha prendeu meus pés. Depois de muita luta, consegui me desembaraçar e saltar do prédio. Fui caindo leve, devagar...

A noite era densa, inerte. Cristais e vidros quebrados forravam o chão. Eu caminhava descalça sobre os vidros que cobriam as ruas silenciosas. Havia um forte cheiro de madeira queimada. Entrei numa sinagoga em ruínas. Ao fundo, encostada num resto de parede, uma *menorá* amassada com velas acesas, olhava-me como se estivesse ali à minha espera. Meus pés sangravam, eu chorava baixinho.

Acordei chamando "Mére, Mére". Não havia ninguém no meu quarto. Andei pela casa. Estava tudo escuro. Todos dormiam ainda.

3

Você leu uma frase que anotou. Foi há muito tempo. Procurou saber onde a tinha lido e não a encontrou mais. "Deus criou o homem à Sua imagem, depois a apagou apagando-se a Si mesmo." Agora a entendo.

É claro que Navronia não a entenderia, mas sempre me pareceu que era sua a imagem que Deus tinha apagado. Ela era feia na época em que a conheci. Baixa, um pouco gorda, os olhos azuis empapuçados, grossas sobrancelhas. A boca sensual era larga e permitia ver raros dentes quando a abria em sorrisos maliciosos. Os cabelos finos e brancos escapavam pelos lados, o lenço amarrado na cabeça às vezes lhe servindo de bandana sobre a testa para segurar rodelas de batata que, dizia ela, lhe aliviavam as dores de cabeça frequentes. Tossia muito e cuspia em um lenço que guardava no bolso dos vestidos. Às vezes eu percebia o lenço manchado de vermelho. Seus vestidos eram todos iguais, escuros, fechados com botões até o chão, e não tinham cintura. Ela os acinturava com um avental branco. As meias eram pretas e os chinelos, de flanela cinza.

Navronia era polonesa, pobre, inculta, porém lia a Bíblia e sabia o Velho Testamento de cor. Sempre a ouvia discutindo quando descansava em seu pequeno quarto. Aproximava-me então e conseguia perceber que brigava. Falava alto, xingava, interrogava. Brigava com Deus. Era *Bóje* para cá, *Bóje* para lá. Isto eu entendia, pois aprendera algumas palavras em polonês que ela me ensinara. Tinha certeza de que ouvir Deus era um privilégio do qual Navronia participava, e que nunca seria meu.

Às vezes me levava à igreja. Eu gostava muito do cheiro das velas acesas na obscuridade e sentia um leve ofuscamento, seguido por um frio úmido nas pálpebras e nos lábios.

— Naná, por que o Cristo está nu e todo manchado de sangue?

— Ele está assim por que merece. Todos nós merecemos o castigo.

— Eu também?

Ela ficava quieta e rezava baixinho, um murmúrio que mais parecia um gargarejo.

Tinha raiva dela nestes momentos. Sempre tive raiva dela.

4

Janeiro, 1984. Escondida como adolescente que escreve um diário, aproveito o descanso de minha mãe; sou impelida a voltar a escrever, após alguns dias em que o calor que abrasava minha casa, meu corpo, meus olhos cobertos de sal grosso. Corpo pesado. Noites não dormidas. Detesto o calor, detesto os trópicos, as ilhas tropicais, os coqueiros, as redes, as areias. Detesto minha casa desbotada pelo calor, não há lavagem que a torne fresca nem limpa. Nem as flores parecem estar vivas; até os vasos de flores secas sobre a mesa são a cópia, o seco do já seco. E eu, brasileira? De país tropical? Terra das morenas, da languidez, da água de coco, do suor do corpo, da risada estampada, do samba quente, do sangue quente, da pinga com limão, e eu — que tenho com isto, sonhando com Trieste e seus cais nevoentos, os boras, as costas e as casas escuras, luzes e salas pequenas, coloridas pelos livros, e lá fora o frio, o vento, a chuva caindo? E eu — onde estou neste lugar que sinto tão estranho e real?

E o que é esta saudade de antepassados? Será meu avô me chamando, reclinado sobre os grandes livros do Talmud, balançando o corpo para frente e para trás, com um barrete na cabeça, as barbas ruivas que eu nunca vi — foi minha avó que me contou. E o avô que eu nunca vi e que estudava dia e noite nos livros sagrados, quando os olhos se fechavam de sono, metia os pés numa bacia de água gelada para acordar e, quando sentia fome, comia um naco de pão com um pedaço de arenque e um gole de *schnaps*. Este avô, que me chamava para as florestas de Lukow, na Polônia; e a avó, que não quis ficar com esse homem que não cuidava da família, nem de arrumar dinheiro, só estudando, sempre estudando e balançando o corpo. Quando morria um filho, nunca chorava, era assim pela vontade de Deus, dizia ele. Este homem, minha avó não respeitava e só voltava para ele de tempos em tempos por insistência da família. Foi do último destes encontros que nasceu minha mãe, a avó já com quarenta e cinco anos.

E é este velho de barbas ruivas que me chama do fundo da clareira rodeada de árvores. Como será seu sono? Com quem sonhará? Com Deus, os Anjos, as Hierarquias Celestes e os Direitos? Será seu sonho o sonho de Kafka nos infindáveis corredores do Castelo a acenar com as sombras e as luzes de suas pequenas janelas?

De sonhos e sombra

"As sombras sabem mais a nosso respeito do que nós mesmos, são mais parecidas conosco do que nos importa saber. Elas alcançam regiões que tememos trilhar, carregam seus próprios segredos, contam suas próprias histórias, falam sua própria língua. Elas até antecipam o que irá provavelmente acontecer e, como Freud tão bem sabia, reinventam o que poderia ter acontecido e talvez tenha até mesmo acontecido — quem sabe. As sombras são como tateamos e falamos do tempo quando já não há mais tempo."

Stefan Zweig (1881-1942),
Die Welt von Gestern, 1943

Sombra

Ninguém me conhece. Nem minha dona. Vivo com ela, sem que me veja. Quando nasceu eu já estava ali. Tínhamos o mesmo tamanho. Eu dormia ao seu lado, assim como sempre dormi. Sonho seus sonhos, que ela não lembra ao acordar. Eu, sim. Lembro de todos. Vejo tudo sempre. Não porque quero. Não tenho vontade. Nasci assim, sombra sem vontade, sem escolha.

Enquanto ela existe, existo eu.

Chama-se Hanna Baum, nossa heroína, que de heroína nada tem. Só uma vida. Não. Heroína é, pois basta ter vivido para poder ser assim chamada. Viver é ato heroico e morrer, como morreu, também é. Quando se foi, desapareci.

A primeira viagem de Hanna foi na barriga da mãe, que partiu com a avó do porto Le Havre, na França, vindo de Varsóvia, para se encontrar, no Brasil, com o marido, que viera antes pois o dinheiro só tinha sido suficiente para uma passagem.

A primeira solidão aconteceu aí, antes que nascesse neste mundo barulhento, imundo e belo. Do pai, nunca se lembrou. Restou dele uma foto, em que está junto à mãe, segurando o minúsculo bebê.

Hanna nasceu em um porão, não sei onde, em alguma casa do Bom Retiro. Era uma sexta-feira à tarde, quando a mãe batia o peixe para o *Shabat*.

Nada de *bom* aí nem de *retiro* nesse lugar que foi buscar mais tarde à procura de seu passado. Só encontrou prédios tristes, cinzentos, manchados pela chuva.

O que sei me foi contado por Shendla, sua avó, a única que me via. Falou sempre em iídiche. Achavam-na senil, falando sozinha o tempo todo. Mas era comigo que falava. Também com Deus. Assim aprendi a língua, sem nunca usá-la.

Hanna nasceu sem saber que era pobre. Dormia em uma caixa de madeira forrada de um tecido bordado, que o pai, Stachek, construiu para a chegada do bebê. A parteira a puxou com mãos fortes. Mostrou com orgulho o pequeno pacote, que ficou ainda menor, pois foi enrolado com ataduras apertadas. Não parou de chorar, chorou tanto o bebê, até chamarem um velho médico do bairro que tirou as ataduras todas. A pequena barriga, livre, pôde soltar todos os gases retidos e o bebê parou de chorar. Por um tempo. Voltou a chorar todas as noites, deixando a mãe e a avó desesperadas. Se me perguntarem por que chorava, acredito que, sem saber ainda, ela já adivinhava o que estava por vir.

    O pai, voltando do trabalho de operário em uma fábrica, não podendo dormir, deitava Hanna em um carrinho e a levava para passear, altas horas da noite, no Jardim da Luz. Cochilava sentado em um banco até o bebê adormecer. Voltava para casa e punha o pequeno fardo ao lado da mãe. Dormia o pouco tempo que lhe restava até a hora de sair, apressado, para o trabalho na máquina retilínea da malharia, onde ficava até a hora de voltar.

    Stachek era miúdo, grandes olhos escuros e cabelos encaracolados. Com o tempo passado na fábrica, comendo mal, as noites passadas no Jardim, foi emagrecendo. Era frágil e mal acostumado à vida dura de operário pobre, viveu pouco. Na noite em que vomitou sangue, foi levado a um hospital, de onde não mais voltou. Foi operado de um câncer no estômago, deixando assim mais pobres ainda a mulher, a filha e a sogra.

    Nascido em Varsóvia de pais poloneses, vindo de família rica, Stachek tinha sido educado por governantas e professores, aprendendo além do alemão e do polonês, o francês. O iídiche, nunca falou, pois não era língua digna de uma família que se considerava aristocrática. O pai jogava xadrez com o menino e passeava pelas florestas, onde caçavam borboletas. Era interessado em geologia, botânica e zoologia, e passou para o jovem o gosto pela vida natural. Amava os bosques e todos que o conheciam também o amavam. Parecia um profeta judeu, mesmo que não seguisse as Leis. Falava pouco, não julgava, nem discutia. Passou esta sabedoria ao filho.

    Estudando Medicina em Varsóvia, Stachek conheceu Marushka, com quem se casou. Era mais velha do que ele, muito loira, muito bonita, olhos azuis e o nariz pequeno e arrebitado, o que lhe dava um ar de verdadeira polonesa, jamais sendo considerada judia, em um país fortemente antissemita.

Em primeiro de setembro de 1939, uma semana depois do pacto com os russos, as tropas nazistas invadiram a Polônia e desencadearam a guerra na Europa.

Ao fugir de Varsóvia, a situação já se tornava insustentável para os judeus. Vieram para o Brasil, único país que os acolheu.

Como o bebê continuasse chorando muito, o velho médico do bairro o examinou e achou que as perninhas estavam tortas, por causa da umidade, e sugeriu que mudassem. Por esta razão, foram para uma casa na rua Julio Conceição, rua que mais tarde, bem mais tarde, se tornaria centro de casas de jogo e prostituição.

A casa era geminada a outra igual em toda a sua feiura. Desta, restaram fatos soltos, algumas fotos, fumaças.

Muitos se regozijam com experiências. Alguns renunciam. Alguns quereriam renunciar mas, ainda assim, fazem suas experiências. Todos se assustam. Alguns se assustam mais do que outros, amiúde, perante algo que no fundo os acalenta. Eles se assustam não apenas com as suas mas com as experiências de todos. A maioria almeja aquilo por que todos anseiam, alguns consideram o que outros desconsideram. Este aqui se senta, aquele lá se levanta.

Muitos andam. Eles vão embora e não voltam mais à nossa casa. Eles bem que queriam estar presentes e, já exaustos de tanto autocontrole, deixar-se controlar por outros alguma vez, e não somente por vistos de viagem e documentos de trem. Eles querem desistir das próprias mãos, e se colocar nas mãos de outros e, quando se rendem, notam pela primeira vez que desde sempre estiveram nas mãos de outros, os quais não podem nomear.

Não foi ela quem escreveu isto. Não sabe quem foi, leu tanto tanta coisa, escreveu, tomou notas, tantas, que hoje não sabe mais quem é, e quem são os que preencheram sua vida, que lhe deram o dom da verdade ou da mentira de cada um. Não há diferença na palavra. O que importa é o que ela nos transmite em certos momentos. A verdade pode se transformar em mentira, e esta em verdade. Só depende do tempo e do lugar em que aparece. Sei que, com suas experiências, não se regozija nem se assusta.

A nova casa era estreita. Tinha nada mais que uma escadaria, por onde se entrava, terminando num corredor, onde ficava o berço. Do lado direito, uma grande cozinha, que era também sala de comer e ficar em volta da mesa, conversando. Do que falavam, não sei nem quis saber. Só lembro de vozes, e gritos, às vezes. Ao lado da cozinha dormia a avó, em um pequeno cubículo.

No corredor, havia uma porta que dava para um quarto alugado a um velho senhor, que mais tarde ensinou Hanna a ler. Só tinha uma mesa com lamparina, cama e livros, montanhas de livros. Na outra ponta do corredor, ficava o quarto dos pais, cuja janela dava para a rua, com trilhos, por onde passavam bondes barulhentos e trepidantes.

Ao anoitecer, acendiam-se os lampiões. Um homem, munido de longo bastão, ia iluminando a rua, que ficava linda. Não me lembro se havia um silvar de apito ou outro ruído qualquer, avisando sobre o milagre da luz de gás. Ruídos de rua. Lá não havia outros que o de bondes, vendedores e crianças brincando.

Hanna nunca havia visto passarinho, gato ou cachorro. Só lembra de ter visto uma carpa nadando na banheira cheia de água, que depois foi colocada sobre a pia da cozinha, já morta para que se preparasse o *gefilte fish* do fim de semana. Também vira uma galinha de pescoço longo estendida no colo da avó, que a ia depenando com movimentos curtos e secos. Quando terminado o trabalho, passava a galinha na chama do fogão, deixando a casa toda com cheiro de queimado.

Não brincava na rua. A mãe temia os bondes, que ficaram em sua memória para sempre, pois foram a causa da primeira grande desgraça a que assistiu com horror.

Seu primo, filho de Hanche, irmã da mãe, que morava na casa geminada à sua, não tinha mais de três anos quando foi atropelado e retirado com dificuldade de baixo das ferragens.

O apito da ambulância e os gritos das mulheres ficaram gravados para sempre.

O menino fora salvo, mas com sequelas e cicatrizes que permaneceram na idade adulta. Restou dele uma foto que tiraram mais tarde no Jardim da Luz, ainda pequeno, vestido de marinheiro no Carnaval.

Os primos foram os únicos amigos que Hanna teve. Depois nasceu Naum, o irmão quatro anos mais novo. Com este, ela brincava de mãe. Das brincadeiras que me lembro, a que mais gostava era a de ser mãe.

Como nascera com cabelos cor de fogo, a avó comentava que se parecia com o avô, velho talmudista, que Shendla abandonou para vir com a filha para o Brasil. Falava dele com desprezo. "O velho", dizia, "não fazia outra coisa além de estudar, debruçado sobre os livros, murmurando, sacudindo o corpo para frente e para trás. Só interrompia para comer um pedaço de arenque com pão, acompanhados por um *schnaps*. Quando tinha sono, metia os pés em uma bacia de água fria para continuar o estudo".

A avó havia tido sete filhos, dos quais só quatro sobreviveram. Os mortos nas diversas epidemias, estes ela considerava bons, os únicos que mereciam continuar vivendo, não os vivos, por quem não tinha respeito nem amor.

Era histérica, a velha, além de tuberculosa e rabugenta, sempre brigando com as filhas, Marushka e Hanche. Mas era boa também, amava e protegia os pobres que faziam fila na porta da casa para receber o que tivesse para compartilhar. Os pobres eram sempre "os seus pobres", assim chamados por todos.

O mistério só pode ser conhecido assim, por aqueles que dele participam sem serem vistos.

Nada mudou. Pergunto: nada muda ao morrer um ser? A dor imediata ou a indiferença dolorosa desaparecem com o desaparecido? Mesmo aqueles que deixam sinais, se vão, e o que fica são sinais. Só isso.

Eu, sombra, pergunto-me, o que sou? Testemunha silenciosa. Acho que ninguém percebeu o quanto sou importante. Sou a Arca da Dor. Não posso ser outra coisa. Depositório que se enche e se esvazia. Só posso existir quando ponho em foco aquilo que vivo no momento, não acumulo fatos. Não tenho memória. A que possuo desaparece aos poucos.

Hanna viveu sua pequena vida, tão delicada, tão movida pelos outros, o pai ausente, a mãe, o irmão e passageiros colegas de classe das escolas que frequentou.

A primeira escola da qual se lembra vagamente era um convento, triste, úmido, cinzento como o uniforme — que realmente era uniforme em sua textura cinzenta em que, como cor, se destacava uma fita, a única coisa que determinava a separação de classes.

Cores de fitas nos uniformes. Diferença. Até hoje, carregamos a diferença, não em cores de fita, mas em outras cores. Os uniformes continuam existindo mesmo quando não são visíveis, as fitas continuam existindo, e se transformam em correntes. Estas, nós as carregamos de uma forma ou de outra. Até o fim, acorrentados?

A liberdade, o que será?

Quando eu, sombra, ao perseguir Hanna ouvia tudo, via também, sem julgar. Às vezes uma linda criatura. Outras, uma mulher, uma simples mulher, delicada, sensível, magoada pelos homens. Eu a via também como alguém que possuía uma potente voz de escritora.

Na verdade, para poder encarná-la, precisaria inventá-la, assim como ela mesma se inventava. Por isso, nunca será a verdade o que contarei, senão a invenção de uma invenção. O que deverá ser encarado não como relato de fatos, mas de visões soltas, dispersas, que nunca formarão um retrato perfeito. Mesmo o que se considerava como o aspecto escandaloso de sua vida, para mim não era assim. Ela nunca escondeu o lado obscuro, sua experiência de liberdade e inocência despudorada. Viveu sempre a dez passos da claridade e a dez passos da escuridão.

Tornara-se escritora apesar de dizer que não fazia literatura, mas amor e melancolia com as palavras. Quando ainda muito jovem, perdeu as únicas criaturas pelas quais era responsável, a mãe e a avó. O irmão também desapareceu. Estando só, procurou nos homens o que realmente necessitava e o que nunca lhe deram.

"Não sou mais responsável", dizia para si mesma. "Não tenho mais opiniões. Existo, por enquanto, na procura, quer seja feita na minha sala ou na cama branca, minha mais íntima companheira."

Às vezes, ocorria-lhe o pensamento sobre a morte como saída. "Morrer repentinamente, sem saber, dizem que é bom. Mas, para mim, ser tomada de surpresa é ser enganada." Preferia o conhecimento, e este viria por sua determinação.

"Sinto-me porosa, uma imagem de pedra negra no peito. Sinto as coisas em relações conflitantes e opostas. Peito, pedra, porosa. Na pedra nada entra. No poroso entra tudo."

Precisava do amor e da solidão. Tinha falta de ar, e sentia ar demais. Afogava-se.

Procurou alguém com quem pudesse falar para que, no curso da fala, se sentisse mais humana. Encontrou um homem com quem falou, falou, mas não foi esse que lhe deu o que precisava. Era frio, indiferente, só a usou, como tantos outros. Foi um amante com quem conviveu por pouco tempo.

Como era bela, com os cabelos vermelhos e os olhos claros, não lhe faltaram amantes ricos, que lhe proporcionaram uma vida de luxo. Um imenso apartamento coberto de livros, vazio de objetos, com uma grande mesa onde escrevia seus poemas de amor a um homem inventado. Comia frugalmente, bebia muito. Dormia mal.

Levantava-se bem cedo e pedia à empregada o café da manhã. Escrevia até às duas da tarde, quando comia um sanduíche e tomava um copo de leite, o que levava não mais que meia hora. Continuava escrevendo até às seis horas. Daí em diante, começava a beber, só, em casa, ou com amigos em algum bar. Antes de dormir, quer estivesse perturbada pela bebida ou não, deitava-se e lia até adormecer.

Tinha conquistado uma espécie de paraíso, assim como William Burroughs, a quem admirava.

"Não me obrigo a trabalhar. É simplesmente o que quero fazer. Estar completamente só numa sala, saber que não haverá interrupções e que tenho oito horas, é exatamente o que quero, sim, simplesmente o paraíso.

Ao mesmo tempo, eu não penso que alguma coisa aconteça neste universo a menos que algum poder ou indivíduo a faça acontecer.

Nada acontece por si mesmo. Acredito que todos os eventos são produzidos pela vontade", dizia o poeta.

Quero continuar a escrever. Procuro e não o encontro. Nesta semana em que o perdi, estive em depressão e bebi demais. Não pense que só porque você desaparece, vou deixar de escrever. Até agora você apareceu sempre como personagem sem corpo.

Quando vou lhe dar vida — aquela que você não me deu — você se oculta. Acho que não entenderia minhas dificuldades. Não pretendo contá-las para você, mas é a sua vida que quero contar para mim mesma.

Se fosse verdade que o real força seu caminho para o conhecimento, se assim fosse... quem sabe... poderia atingi-lo. Meu pai, aquele cujo nome não se pronunciava. Aquele que invento agora. O sorriso triste e bom. O jantar no túnel com as luzes apagadas. Estávamos no trem, eu papai e minha babá. Vínhamos de Viena com muitas malas em direção a Trieste.

O pai da lembrança, vaga e bela, não poderei descrevê-lo. Quando sorria, me dava uma alegria imensa. Falava pouco comigo. Somente com Nana, sua porta-voz.

"Hancha", ela me chamava assim, "Hancha, seu pai mandou você trocar de roupa", ou "Hancha, hoje vamos passear com o carro que seu pai alugou". Ou então, "está na hora de dormir". Não gostava de ir dormir, mas nunca ousei desobedecê-lo. Tinha medo de seu olhar de desaprovação. Ser aprovada e agradá-lo era minha vontade constante.

Uma noite em que não conseguia adormecer, saí da cama e ouvi papai falando com a babá. Meu pai tinha o quarto de dormir e a biblioteca no mesmo quarto. No dia de sua morte, pude observar em todos os detalhes aquele que fora o lugar em que meu pai vivera tantos anos sozinho.

— Não, não sei exatamente por que é que aconteceu. Não tenho notícias ainda.

A babá, de mãos na cintura, parecia pronta a entrar numa discussão, que meu pai prontamente cortou.

— Não sei mais. Só posso dizer que minha irmã e seu marido estão mal. Acontecem coisas estranhas na Europa agora. Temos que recebê-los aqui em casa por alguns dias.

— Mas patrãozinho...

Meu pai encerrou o diálogo abrindo o livro que se encontrava na mesa ao lado, e a babá se retirou, falando consigo mesma.

De sonhos e sombra

Hanna continuou a escrever. Acordava cedo e, fora a interrupção do pequeno almoço, não saía da mesa. À noite, bebia, e assim continuou. Eu, pobre sombra, ficava à espreita, lendo o que escrevia, o que borrava, o que reescrevia. Com muito sono, deitava-me aos seus pés, e dormia ali mesmo.

Quando chegou minha tia, a vida silenciosa de nossa casa mudou. Ela passava o dia no escritório, conversando com meu pai, e à noite eu ouvia de meu quarto gritos e choros terríveis. Eram uivos raivosos. Eu tapava os ouvidos, cobria a cabeça com o cobertor. Apavorada, eu adormecia, já muito tarde. Tinha pesadelos e acordava cansada. Um desses pesadelos, eu lembro até hoje, porque o contei à babá.

Uma mulher linda, vestida de preto, entrou num carro com vários homens, e não queria me levar. Eu disse: mamãe, me leve junto com você. Ela brigou muito comigo e disse que não ia me levar porque eu dormia na cama do papai. Senti tanta tristeza que decidi me suicidar. Depois apareceram dois homens, um era moço e o outro, velho e cego. Eles subiram por uma grande escada. Eu os segui. O mais moço me deu um beijo. Saí, então, para fora de casa, e o jardim era todo de lama negra, com troncos de árvores caídas e muitos urubus. Disse para mim mesma: Deve haver muitos cadáveres aqui, e voltei para minha casa, que estava cercada de um muro altíssimo, coberto de hera.

Acordei com a sensação de que havia acontecido algo de inexplicável, uma relação profunda com as raízes do meu ser ainda por descobrir.

Tia Regina, era este seu nome, ficou algum tempo em casa, sempre fechada em seu quarto ou na biblioteca de meu pai, conversando com ele.

Eu a odiava naqueles dias sombrios. Era alta, elegante e agressiva. Sua vida me parecia misteriosa, acrescida agora de um mistério maior pela traição do marido.

Nos dias que passou em casa, construí para mim mesma uma história macabra, que se desenvolvia na projeção das sombras de meu quarto de dormir. Histórias de paixão e crime, influência dos romances que lia na época.

Madame Regina Nitroska, como era chamada, casada com um oficial polonês da pequena nobreza, morara em Viena, em um palacete elegante na velha Cidade Imperial.

Não gostava de se cuidar, mas fazia-o por obrigação. Odiava as obrigações, mas algumas se impunham como forma pesada de impedir a angústia do envelhecimento.

Os cuidados com o corpo, os passivos, aqueles em que ela se deixava manipular eram preferidos aos ativos, tais como a equitação ou os longos passeios ao ar livre.

Recebia em casa a visita de uma cabeleireira e de um velho chinês que lhe fazia massagens. Ficava deitada sobre um sofá de tecido adamascado, coberto de manchas dos vários cremes, loções e tinturas. A cabeleireira tingia-lhe os cabelos desbotados de uma cor vibrante, vermelho-cobre, artificial, que lhe acentuava o azul dos olhos cansados e o róseo das faces ainda jovens.

Procurava não sair de casa, mas quando precisava fazê-lo, cerrava os olhos, reclinada no banco almofadado de um carro. Não falava, nem olhava para as belas ruas de sua cidade, até chegar ao seu destino.

Madame tinha resolvido mudar de vida. Não seria a primeira vez. Iriam para a América do Sul. Visitariam o irmão e, quem sabe, se instalariam numa daquelas cidades provincianas, escolhida por ele. Deus sabe por quê. Para fugir.

Parada em frente ao espelho, tinha as mãos inertes sobre o peito duro. Vagarosamente ia movendo os dedos enrugados, manchados de placas amarelas, em direção ao rosto. Sua pele lisa e rósea contrastava com as mãos. Os olhos e as mãos tinham envelhecido primeiro.

De manhã, ao se levantar, ia à sala de banho, nua, olhava-se mas não se via. Era narcisista, mas os espelhos não lhe devolviam a imagem. Era nos outros que ela queria se ver. Seu espelho eram os olhos, muitas vezes irônicos, maldosos ou indiferentes dos outros.

Automaticamente preparava o banho morno com sal grosso e óleo de perfumes finos que mandava vir da França. Ao sair do banho, passava primeiro o creme para o corpo, vagarosamente; em seguida, o creme para o pescoço, em massagens circulares. O pescoço também envelhecera.

Que choque teve quando uma foto tirada sem cuidado lhe revelou o rosto envelhecido. Porém, pior que a velhice do rosto e as rugas do pescoço, era a profunda tristeza do olhar. Um olhar cansado, opaco. As mãos ressecadas e brilhantes de creme cobriram os olhos amortecidos e aí pararam deixando a escuridão faiscante de pontos luminosos envolver os globos cansados de uma noite mal dormida. Os olhos claros tinham sido lindos em sua juventude. Era o ponto alto, a forma mais brilhante de conquistar o interesse de um homem. A vida social com suas normas e as suas hierarquias, suas instituições, exigiam dela um comportamento que não permitia transgressões. Ao marido, porém, tudo era permitido.

O espelho em sua frente, colocado na parede vazia de uma antecâmara vazia, refletia, além de seu rosto, um quarto semiescurecido, de cujo teto pendia um lustre de cristal veneziano, cintilante em cada gomo em forma de pera, uva ou maçã, balançando levemente, e levemente tinindo, impelido por uma brisa que penetrava por uma persiana entreaberta.

A grande cama desfeita era coberta por lençóis imaculados, de linho branco. As faixas de luz que penetravam, pousando nas paredes cobertas de um tecido rugoso e acetinado, cor de terra de siena, iam se deitar nos lençóis, cobrindo-os de listras de tons róseos dourados, descendo até o tapete árabe de um laca profundo e ouro, tingido aqui e ali de uma flor lilás. Um silêncio macio em torno das notas duras de um estudo de Chopin para piano, vinha da sala vazia ao lado.

Hanna parou de escrever. Entediada, enojada com tudo. O eu do personagem e o eu do autor nada tinham a ver um com o outro.

Rasgar e começar tudo novamente. Não, vou tingir tudo de vermelho, de sangue, de fumaça. Cristais venezianos, notas de um piano, camas de linho branco, vou tingir, destruir tudo isto, transformar em matéria irrespirável, assim como o caixão cerrado de todas as mortes que trago em meu peito. Esta novela vienense de fim de século vai ter um fim diferente, miserável, onde as fúteis preocupações de Regina e seu adúltero marido viverão a sorte de seus irmãos judeus. A sorte terrível e não merecida.

Sentiu-se culpada, como se dela dependesse o destino não só de Regina e seu marido, mas o de todos os que foram sacrificados nas câmaras de gás. Morreram sós no meio da multidão, não como deuses, mas como homem e mulher. São assim os filhos de Deus.

Hanna parou de escrever, não pela profunda dor da perda de seu personagem, mas pela de todos os outros que tinha dentro de si.

O sonho do pai que não teve, este continuou a existir. Ela o criava e recriava todos os dias. "Nunca morrerá enquanto eu viver", pensou, "continuarei acendendo as velinhas, a escrever e tudo que eu fizer de bom será dele. O resto será o que resta de mim. A nostalgia e o erotismo do corpo e do coração."

Procurou a vida como religião na unidade com a natureza e a compaixão pelos seres. Saber quais as necessidades reais seria já meio caminho percorrido. Porém nunca conseguiu.

Era o crepúsculo. Sereno e tranquilo. Um estado de felicidade. A noite desejava nos contar algo que não podíamos entender ou que tínhamos esquecido.

Deitada aos pés de Hanna, sabia que a sua e a minha vida estavam por terminar. Ela tinha resolvido não ser tomada pela surpresa da morte, mas tomá-la em seus braços, assim como se toma uma criança, uma filha querida. Eu, sombra, não perguntava mais quem sou, assim como ela que não recuou ante o incompreensível. Não havia mais nada que perturbasse o nosso sono benfazejo.

O sacrifício

Maria Rita e Rita Maria são irmãs. Para não confundir, uma, morena, era chamada de Maria, e a outra, loira, de Rita.

Nasceram no décimo dia do sétimo mês, no Brasil, de pais imigrantes vindos da Bélgica no tempo da Segunda Guerra Mundial.

Por que estes nomes? Não foram escolhidos pelo pai, que não conhecia bem nem a língua nem os costumes do novo país. Foi no cartório que se deu a confusão. Seja porque não tinham entendido que as meninas eram gêmeas, seja porque o oficial que atendeu o aturdido jovem, que não sabia o que fazer com duas filhas, resolveu por conta própria facilitar o caso. E, assim receberam nome as filhas de Moisés e Sara Lambert, cujo sobrenome original era Lambergen.

As meninas cresceram saudáveis, em uma velha casa com quintal, onde vicejavam árvores de abacate e mamão, além de uma bananeira da qual nenhum cacho pendia, mas que deixaram ficar, pois era um sinal de brasilidade para a família que deixara na Europa a ideia de que a banana era fruta nobre, só servida quando havia alguém doente, ou quando trazida por uma visita em vez de flores ou bombons.

O pai trabalhou em uma fábrica, a mãe fazia costuras para fora e a avó cuidava da casa e preparava a comida. Falavam iídiche, língua de seus antepassados, mas aprenderam o português que era usado com os estranhos e as filhas.

A mãe engravidou. Perdeu o filho de sete meses nas mãos de uma parteira.

Foi uma noite de gritos e panos ensanguentados.

Pela primeira, mas não a última vez, as gêmeas se deitaram apertadas em abraço sob as cobertas, tampando os ouvidos uma da outra com as pequenas mãos.

Em poucos dias morreu a mãe. O pai fechou-se no quarto, e a avó andava de um lado para outro da casa, gritando e chorando.

Nesses dias as meninas brincavam na rua o tempo todo. Às vezes iam comer na casa de uma vizinha que lhes dava pastéis de palmito deliciosos e outras guloseimas. Os pastéis ficaram na memória junto às lembranças dos filhos da vizinha, anotadas por Maria em seu diário. Sempre escreveu. Já adulta tornou-se escritora.

Apesar do ambiente tenebroso em casa, aqueles foram os momentos em que mais gozaram da alegria que lhes proporcionou a liberdade de fazer o que quisessem. A morte lhes dera a oportunidade de viver.

Poucas semanas depois foram acordadas por um tiro e, novamente, os desesperados gritos da avó.

O pai, trancado no banheiro, suicidou-se com um tiro de revólver. Nesses dias confusos, com toque de melodrama, as meninas foram recolhidas à casa da boa vizinha, onde ficaram por um tempo. Não sei quanto.

Quando voltaram para casa, sem pai nem mãe, encontraram um lugar suspenso, espécie de não-lugar, onde as coisas aconteciam sem que as duas irmãs fossem incomodadas.

A avó, lenta e acabrunhada, passou a fazer aquilo que sempre fizera.

Maria e Rita não perguntavam sobre o acontecido. Era

como se nunca tivessem tido pai ou mãe, e não lhes dizia respeito a tristeza da avó, cada vez mais velha e doente.

Foram introduzidas em um mundo sombrio e assustador quando matriculadas em um colégio, velho casarão no bairro dos Campos Elíseos.

Tinham então seis anos, mas frequentavam classes diferentes. Só se encontravam na hora do recreio. Ficavam sentadas. Duas meninas com seus uniformes escuros, sempre fazendo fila para tudo. Não participavam das brincadeiras das colegas.

A menina loira e a morena olhavam tudo o que acontecia à sua volta, e eram estranhas para as outras — e para elas mesmas. Ainda não sabiam o que era o desejo, mas eram levadas por algo que sentiam ser uma vontade. Não sabiam de quê.

Em uma vida cabem muitas vidas.

Por que a avó as tira daquele colégio, não saberia dizer. Sei que passam para outra escola, ainda maior, no centro da cidade, para onde vão de bonde todos os dias.

Ali, caminham por longos corredores com suas lancheiras penduradas no ombro, cujo cheiro de couro cru, quando abertas, as invade e ao seu lanche de pão com mortadela.

O prédio, enorme e assustador, em cujo pátio encontra-se uma pequena piscina redonda com esguicho no centro, do qual nada escorre, é assunto de comentários medrosos, de fantasmas das meninas que ali tinham se afogado.

Maria e Rita viviam assim rodeadas de horrores desconhecidos que apareciam em frutas venenosas, águas poluídas, afogamentos e fantasmas cobertos de lençóis brancos.

Os horrores imaginários eram mais vivos do que aqueles que aconteciam à sua volta.

A avó morreu. Maria e Rita foram separadas.

Uma foi criada pelo dono da tecelagem onde o pai trabalhara. Tanto pai como filha, usados de maneiras diferentes, foram sempre servidores do desejo de consumir, ingerir e deglutir do patrão, que reinava na enorme mansão rodeada por jardins, que a isolavam de tudo o que acontecia fora de seus portões.

Johannes von Fustenberg era enorme assim como sua fortuna. Imenso, assustador pelo tamanho, o olhar brilhante sob espessas e escuras sobrancelhas.

Possuía uma coleção de arte, que só era apresentada a convidados que chegavam de fora do país, em um evento que de cultural nada tinha além do nome. Jantares faustosos eram servidos a pessoas que ali vinham sem ao menos conhecerem o seu anfitrião, e de onde partiam bêbadas e encantadas com a generosidade oferecida.

Maria, vestida de escuro, com gola e avental brancos, circulava com as bandejas onde eram servidas caipirinhas, cerveja e champanhe.

Ao terminar o festival das artes, tudo voltava ao silêncio. O senhor retirava-se, o olhar pesado de ressaca. Nada havia que realmente o satisfizesse. Vivia só. Os filhos raramente vinham vê-lo.

Maria, sempre tímida e assustada, deixava-se conduzir pela governanta, que lhe ensinava, sobretudo, como se manter ausente e servidora ao mesmo tempo.

Era frágil, muito magra e pálida apesar de comer bem — os pratos cheios dos restos, que lhe eram servidos na cozinha.

O medo era o mesmo. Só desaparecia nas raras vezes em que encontrava a irmã.

Rita tinha sido recolhida em um convento. A madre superiora era uma mulher especial. Judia, tinha se convertido ao catolicismo. Estudiosa, saía pouco de sua cela repleta de livros. Conversava pouco. Só quando uma das jovens vinha procurá-la para conselhos.

As irmãs encontravam-se uma ou outra vez nos jardins da mansão. Quase não falavam. Rita tinha enorme admiração pela madre, que dizia ser belíssima e serena em seu retiro. Seu nome era Edith.

Maria gostava de ler, e aproveitava as horas livres para se encerrar na imensa biblioteca do patrão, cujos livros empoeirados pareciam jamais terem sido abertos. Mesmo assim, alguém tinha organizado a biblioteca de maneira primorosa. Havia de tudo para o deleite de Maria. Desde os filósofos gregos até os místicos da Idade Média. Além de romances, poesia, também eram muitos os livros de história, astrologia e mitologia.

Quando perguntou à governanta sobre quem tinha feito tal escolha, esta, com olhar triste, disse ter sido a patroa, já falecida. Não quis dizer mais nada além disso. Um ar de mistério reinava na biblioteca assombrada por seus fantasmas e a mulher que ali vivera. Seu nome, Simone.

Ambas, Edith e Simone, foram as mulheres que povoaram os sonhos de Maria e Rita.

Um dia em que Johannes passeava com seus cachorros pelos jardins, avistou as duas jovens sentadas em um caramanchão. Apesar de serem uma loira e a outra morena, eram idênticas em sua beleza transparente, os cabelos lisos presos com uma fivela, as mãos finas pousadas no colo.

Eram uma única e longilínea imagem de virgem românica. Se alguém pudesse vê-las realmente, com olhar claro, veria ali em seu percurso a vida, o espírito materializado em singularidade.

Conversavam pouco, mas quando falavam, suas vozes pareciam seguir direções contrárias. Sendo o corpo o mesmo, era a este que se dirigia o afeto no qual se encontravam. Não eram um ser e seu duplo. O duplo parte sempre do princípio de um modelo original do qual se separa a cópia. Aqui não havia cópia. Eram Um único ser, apesar de levarem vidas separadas.

Esse Um, mesmo quando se apartavam indo cada uma a seu destino, continuava Um. Não havia ainda o amor, pois o amor aparece na diversidade. Esta só surgiu através da experiência pela qual passaram mais tarde quando tornaram-se seres abertos um para o outro.

Ao vê-las ali sentadas, Johannes parou, tomado por uma fraqueza que o obrigou a recostar-se em uma árvore, de onde ficou observando.

As duas irmãs se despediram, e ele retirou-se para o seu suntuoso quarto de dormir. Ficou sentado durante horas, com um copo de *brandy* que esvaziava enquanto ia sendo tomado por um sentimento de fúria, desejo, uma enorme vontade de possuir para depois destruir. Era inexplicável o que sentia, mas de uma coisa estava certo. Possuiria as duas jovens. Seriam suas, faria delas o que desejasse. Queria as duas. Juntas. Em sua cama, ou onde quisesse.

Atravessado por uma mistura de ódio e selvageria até então desconhecida, caminhava pelo quarto, batendo nas paredes com a bengala.

No dia seguinte, resolveu. Vestiu-se com esmero. Não deixava de ser uma impressionante figura de homem, com os cabelos grisalhos e um ar de dignidade.

No convento, recebido pela Madre Superiora, convenceu-a de que se ocuparia da educação de Rita e que, estando as duas irmãs juntas, seria bom para ambas. Não só isso, prometeu uma vultosa doação em dinheiro, para que fosse usado nas reformas do prédio que se encontrava bastante deteriorado.

Mandaria buscar a menina, com o motorista e a governanta. Despediu-se com seu ar de dignidade e poder, deixando a Madre convencida de que fazia a coisa certa.

Em casa, fez algumas modificações, transformando toda a parte superior no único lugar a ser usado como moradia. Apenas a cozinha escura permaneceria no andar de baixo, junto aos quartos dos empregados, que se movimentavam pela casa através de corredores, sem incomodar o patrão.

Ao lado de seu quarto, arrumou um outro também vasto e confortável, onde ficariam as duas jovens. A imensa biblioteca continuaria no andar de cima. Ali instalou, ao lado da janela, uma mesa redonda coberta por uma toalha de damasco branco, um candelabro de prata e três cadeiras.

As refeições subiam da cozinha até a biblioteca por um pequeno elevador.

Dessa forma, montou o cenário para o que imaginava seria sua vida particular, sem intrusões nem ruídos. Seus cães de caça continuariam ao seu lado, e os levaria para passear todos os dias nos jardins que rodeavam a mansão. Como vivia da renda dos aluguéis de suas propriedades, que ocupavam quase toda a vila, além da tecelagem, seu trabalho maior se reduzia a visitar seus arrendatários todos os finais de mês.

Quando chegaram, Maria e Rita foram levadas ao seu quarto pintado de branco, onde altas janelas davam para o jardim. Havia flores brancas em vasos de cristal, e as duas camas cobertas por colchas, também brancas, transmitiam um ar de limpeza e harmonia.

Johannes chamou a governanta e disse que não iria mais precisar de seus serviços. Deu-lhe uma boa indenização e não permitiu que se despedisse das jovens que, sentadas no quarto, diante das janelas, olhavam para fora em silêncio. Não sabiam bem qual era seu papel ali. Perceberam que não seriam domésticas. Temerosas, não diziam palavra.

Assim começou uma longa espera, só interrompida quando eram chamadas para comer em companhia do senhor, ou quando ele as trazia para seu quarto, onde ficavam sentadas olhando para o nada. Os cães ficavam ali deitados no mesmo silêncio.

Johannes continuava sua vida de sempre, com a única diferença de que agora não recebia mais visita alguma. Saía de manhã com os cachorros, à tarde ia cuidar dos negócios, só voltando ao cair da noite.

Ficava então em seu quarto, fumando e bebendo o *brandy* que aquecia com as grandes mãos. Às vezes mandava que lhe trouxessem uma garrafa de champanhe gelada que ele partilhava com Maria e Rita. Só lhes dirigia monossílabos, mas era gentil e delicado. Fazia com que sentassem aos seus pés. Gostava de lhes passar a mão na cabeça, da mesma forma como agia com os animais.

Numa das tardes em que voltou da cidade para onde tinha ido de manhã bem cedo, trouxe dois quimonos brancos e deu-os a Maria e Rita. Eram idênticos na alvura e no tecido de seda pesada.

As irmãs passaram a andar pelos quartos como gueixas graciosas e transparentes, só os pés descalços e as mãos aparecendo debaixo do espesso tecido. Tiveram permissão para ficar na biblioteca, e assim passavam seus dias, lendo e escrevendo. Maria aos poucos foi se interessando mais e mais pelos livros de novelas góticas. Tinha um especial fascínio pelo horror sobrenatural desta literatura. Lia tudo, desde Edgar Allan Poe, Hoffmann, até as três irmãs Brontë, De Quincey, Mary Shelley, Wilde, Ann Radcliffe, e muitos outros.

Tomava notas para um romance que já começava a se delinear em sonhos de desdobramento e mortes. Esses provocavam-lhe sobressaltos não muito diferentes daqueles de sua infância, com seus desejos primitivos e pavor... Vida e morte, realidade e irrealidade para ela não tinham mais limites claros.

O mesmo se passava com Rita, mas de forma diferente. Lia com fervor religioso os grandes místicos, obras de Meister

Eckhart, São João da Cruz, Santa Teresa e Edith Stein, que lhe recordava a Madre Superiora do convento.

Ambas à sua maneira trilhavam o fantástico, vivendo dentro de si a oposição entre espírito e alma em sua união cósmica.

Decorreram alguns meses em que nada parecia acontecer, a não ser as mudanças de clima, os sons que vinham de longe, de pássaros, vozes de homens ou crianças. Mudanças existiam, mas nada se percebia, pois o que vinha, crescia vagarosamente, de maneira sutil, até que um dia irrompeu.

Johannes passou de amorosa e delicada figura paterna a rude e bárbaro algoz, com alternâncias de humor. Começou a aparecer uma crespa rusticidade nos gestos. Os cabelos e barba densos cresciam na mesma medida. Passava repentinamente da tranquilidade à agitação. Ficou encerrado no quarto vários dias, até que resolveu levar Maria, Rita e os cachorros para passear no jardim. Com cuidado pôs coleiras com longas correntes nos pescoços das jovens e dos animais.

As irmãs, felizes de estar pela primeira vez fora de casa, respirando o perfume e sentindo na pele o sol que já desaparecia aos poucos, não se incomodaram em estar presas a correntes. Andavam tranquilas, atadas a uma mão forte, que as mantinha assim, como duas brancas garças presas para não voar. Mesmo se pudessem, não teriam voado naquele momento, tal era a doçura que sentiam no ar e a paz que lhes vinha com a brisa suave e calma que aos poucos foi se transformando.

Um vento seguido de fortes rajadas trouxe repentinamente a tempestade e o rumor do mar distante que se fazia ouvir.

O céu tornou-se rapidamente negro, iluminado por raios que o cortavam. Caía uma forte chuva. Apesar de encharcados e dos ganidos e puxões dos cães assustados, caminharam vagarosamente até a casa.

Não havia empregados neste domingo. Subiram aos quartos onde Johannes, removendo-lhes as coleiras, ordenou que tirassem as roupas molhadas. Não se moveram. Tomado pela fúria que o acometia nos últimos tempos, arrancou-lhes a roupa do corpo. Quando as viu nuas pela primeira vez, absolutamente idênticas, foi tomado por uma vertigem que o obrigou a sentar-se, olhando para as mãos trêmulas como se as visse também nuas e pela primeira vez.

As duas jovens continuavam em pé, olhando para fora, onde a tormenta aumentava. Estavam calmas e esperavam. Johannes mandou que se deitassem na imensa cama e, sentado frente à lareira, ali ficou por muito tempo, até amainar o temporal.

Maria e Rita já dormiam, de mãos dadas. Chegou-se à cama e olhou longamente os corpos deitados. Eram magras, muito brancas, só se diferenciavam pela cor dos cabelos. Cobriu-as e deitou-se no sofá, onde ficou bebendo até dormir.

Ao amanhecer teve um sonho curto e violento. Sua mulher o olhava e ria. Um riso luciferino. Subiu em seu corpo e, ainda rindo, cavalgou sobre ele e fez com que a penetrasse. Quando olhou para o rosto da mulher, eram as duas cabeças das gêmeas, assim como Janus, viradas para lados opostos. Acordou com seu próprio grito de terror.

Foi até a cama e, com inusitada selvageria, possuiu primeiro uma, depois a outra, e assim continuou até chegar ao ponto de exaustão, quando adormeceu pesadamente.

As duas virgens deitadas, silenciosas, se abraçaram em um longo e amoroso encontro. Beijavam-se, encontrando uma o corpo da outra, quando o prazer surgiu pela primeira vez. E o amor era tão grande, e tamanha a doçura de suas carícias, que, sem falar, planejaram juntas, em pensamento, o que sucedeu depois.

Sem pronunciar palavra, trancaram os cães no banheiro, vestiram os quimonos brancos e muito vagarosamente, sem nenhum sobressalto, cobriram com um travesseiro o rosto do homem que agora era só um corpo.

Enquanto Rita segurava com força o travesseiro, Maria, com uma navalha retirada da sala de banho, cortou, num golpe certeiro, a jugular de lado a lado do pescoço. Não houve muita luta. Ficou ali sangrando, feito imenso boi esquartejado.

Movimentando-se como em câmera lenta, retiraram os quimonos encharcados de sangue, e os deitaram sobre o corpo, onde foram se transformando em pesado vermelho, que agora inundava a cama inteira.

Lavaram-se e vestiram suas velhas roupas. Desceram a longa escadaria sem fazer ruído e em poucos segundos já estavam do lado de fora, onde o dia começava a clarear, límpido e fresco depois da tormenta da noite passada. Caminharam em direção ao convento, que não era longe dali. Ao chegarem, perguntaram por Madre Edith, e lhe contaram tudo em poucas palavras. A Madre nada disse, só aproximou-se do crucifixo, ajoelhou-se, e assim ficou por longo tempo.

As irmãs permaneceram em pé. Esperando. Sempre esperando. Depois, encaminhadas a uma cela, dormiram longamente.

Foram acordadas pela Madre, que lhes deu dinheiro e instruções para chegar até o lugar que ela escolhera. Deu-lhes também os bilhetes de ônibus e as passagens aéreas que as levariam para o país de onde tinham vindo seus pais. Beijou-as na testa, abençoou-as, e as acompanhou até as pesadas portas, por onde saíram sem nada dizer.

Estavam livres, e assim se sentiam. No início, acanhadas, foram aos poucos trocando palavras simples e ternas como se estivessem falando e vendo tudo pela primeira vez.

Sempre de mãos dadas, partiram silenciosamente através da grossa neblina e desapareceram aos poucos a caminho de uma nova vida.

>
> *Entre o sagrado e o profano não há diferença.*
> *[O profano pode-se tornar sagrado.*
> *E o sagrado, desaparecer e ressurgir sempre.*
> *Nada está longe do sagrado, que nunca deixa de existir.*

Diálogo

para B. S.

Sinto-me cansada. Pesada. Doem-me as pernas, respiro com dificuldade.

Sento-me na praça que nada de praça tem. Nem uma árvore, nem um pedaço de verde. Uma praça, dois bancos. Sento-me em um. No outro, um jovem muito jovem, rosto pálido. Toca violino. O som é belíssimo. Para de tocar e olha para mim. Diz: chamo-me Bruno. Eu digo: chamo-me Guitel. Esta é a historia de meu encontro. Tenho setenta anos. Bruno só trinta.

Volto para meu quarto. Vivemos em um Gueto. Ocorre-me a ideia de que Guitel e Gueto têm algo em comum. Tenho fome, como um naco de pão amanhecido.

Acendo uma vela. Gosto da luz da vela, não tenho outra. Não é minha escolha. Deito-me, gosto de minha cama de madeira, ficaria sempre ali. Não é minha escolha. Não sei por quê, pulo para fora de madrugada. Esquento um líquido que lembra o café. É bom. Não o mesmo que tomava com pai e mãe ao meu lado. Penso em Bruno. Ele aparece e conversamos. Temos tanta coisa para dizer. Gosto dele, da vela e da cama. Pergunto se ainda poderia aprender a tocar violino. Ele diz que sim. Acho graça. Aprender algo tão novo, com o que me resta de tempo. Quero saber dele. De mim tenho pouco a contar. Parece-me pouco o espaço de uma vida inteira. Não entendo. É pouco? É muito? Ele fala, e sua fala transforma-se em fala minha. Nossa sorte foi a mesma. Viveu, morreu. Vivi e morri. Junto a ele. O diálogo de dois em um.

    Continuamos falando. Sim, isto é possível. Não estamos mais aqui.

Silêncio

Aquilo que deu foi muito mais do que recebeu.
Se foi realmente, não importa. Foi assim que o sentiu. Esvaziou sua alma, como se estivesse doando um presente. Quanto deste dar silencioso foi recebido como doação, e por que seria?, e por que era tão importante seu presente? A declaração de amor a quem não lhe ama deve ser assim. Um dar sem destino, um dar sem resposta. Sempre um dar.
Felicidade será ter a quem se possa dirigir nosso amor, mesmo que ele lá não se encontre, mesmo que não exista. Seria isso?

Ela tinha oitenta anos, ele cinquenta. Fui eu quem a levou até ele. Achava-o competente e, como além de clínico geral, era também acupunturista, acreditei que a ajudaria.
De fato ajudou. Nunca mais ela deixou de vê-lo até o fim de sua vida. Eu não o visitei mais, pois percebi que ela o queria só para si. Tinha ciúmes.
Todas as quintas-feiras saía de casa para ir bem cedo ao cabeleireiro onde fazia uma tintura que lhe deixava loira, muito loira, com o penteado sempre de franja cobrindo-lhe a testa. Os pequenos olhos azuis guardavam ainda em certos momentos a antiga vivacidade. Caminhando com dificuldade apoiada em uma bengala com castão de ouro, muito elegante, apesar das costas já encurvadas, ia para sua ampla re-

sidência, não muito longe dali. Mesmo assim, o cansaço e a dor nas costas eram tamanhos que, a meio caminho, subia ao meu pequeno apartamento, gemendo de dor e deixando-se cair pesadamente num canto do sofá. Lugar que, de tanto ser usado por seu peso de velha magra vestida de tailleur Chanel, acabou ficando com um buraco. Pensei depois de tanto tempo, quando já tinha morrido, por que os velhos, mesmo se muito magros e leves, deixam onde sentam uma marca tão profunda. O peso, todo o peso que vem da alma, não do corpo, ali fica para sempre.

Tinha um motorista à disposição na garagem, que pouco a servia, somente nas visitas ao médico e nos feriados importantes quando ia à Sinagoga. A sua era uma religião muito particular. Respeitava somente o *Shabat*, quando acendia nas sextas-feiras à tarde duas velas em castiçais de prata e rezava o *Baruch Atai Adonai*, sem grande convicção. Além disso, só respeitava o *Rosha Shaná*, quando ia assistir à reza do perdão.

Dois eram seus vícios. Um, a compra de roupas em lojas de alto luxo, que guardava muitas vezes sem ter sequer a oportunidade de usá-las. Ficavam jogadas em sacos plásticos, abarrotando o armário. O outro vício eram os pães. Adorava pães. Comprava-os de todos os tipos e não chegava a comê-los, mas ficavam ali guardados, em gavetas na cozinha, até serem jogados no lixo pela cozinheira.

Não respeitava a empregada que a servia há longos anos. Tinha desprezo, e o demonstrava quando a pobre mulher saía aos domingos, enfeitada com roupa apertada, saltos altos e blusa decotada com os seios à mostra. Passava-lhe um longo sermão, e trancava a porta da cozinha para em seguida telefonar aos filhos e combinar o encontro obrigatório de domingo. Nenhum deles chegou a se queixar dessa obrigação que com o tempo tornava-se cada vez mais enfadonha. Iam sempre ao mesmo restaurante no centro da cidade, cuja conta era paga por ela. Terminado o almoço, de volta a sua casa, deitava-se e ficava assistindo televisão até a noite. Quando sentia-se muito solitária, tomava um ou dois uísques com soda e ligava o aparelho de som em altíssimo volume. Era o suficiente para que experimentasse um êxtase profundo, que chegava à euforia, ou uma depressão tão grande que poderia levá-la a desejar o suicídio. Coisa que já tinha tentado algumas vezes. Uma delas foi em sua casa de campo, quando tinha como hóspedes um grupo de amigos. As causas podiam parecer frívolas, relacionadas a um homem qualquer. Seria outra mais profunda certamente para quem tivesse a delicadeza e a inteligência de o perceber.

Com o médico, a relação era especial. Sendo o doutor Adão Pinheiro casado, com filhos pequenos, nada podia esperar dele que não fosse apenas o carinho e o respeito que lhe dedicava nas horas de consulta, apesar do desejo de algo maior que nem ela mesma conseguia entender. Os encontros aos poucos haviam se transformado em um verdadeiro momento de trocas e confissões, às vezes olhares de desejo, um encontro de mãos e o esperado beijo de despedida. Nesse momento, ela saía do consultório feliz, enlevada, com a impressão de ter de volta sua juventude perdida.

Ao chegar em casa, não ousava olhar no espelho. Sentava-se no sofá, rememorava a conversa, os olhares, o pequeno e tímido beijo deste seu último grande amor. Sorvia de olhos cerrados a sensação, o perfume que ficava em suas mãos, que não lavava para que ali continuasse até a hora de dormir.

Ao acordar, o primeiro pensamento era dedicado a ele, imagens belas e perturbadoras que durante o dia iriam se esvaecendo.

Sentada em sua poltrona ao lado da janela onde podia avistar as mais belas árvores que se abriam na primavera, tentava guardar algo do dia anterior, escrevendo em um caderno seus pensamentos mais profundos, tão escondidos, vindos de longe, de um país muito branco que conhecera ainda pequena, antes de vir para onde vivia agora.

O medo que a acompanhava sempre era o medo do abandono. Perdera muito cedo o abraço materno que envolve e protege o fruto de seu ventre, coisa interna, profunda e misteriosa assim como o útero, esse pequeno invólucro que aninha a vida, acompanha com o olhar e a alma a dor da perda, ou das múltiplas perdas do ser que saiu dali. Era assim que se sentia. Perdida.

O olhar do pai fora diferente. Um olhar externo cujo amor não se fazia reconhecer. Um sentimento sem nome, que nem sempre se exprimia como gesto. Aparecia só como responsabilidade. Aquilo que na mãe era entrega, no pai foi apenas o gesto.

Este casou-se logo em seguida à morte da mulher, e mandou construir um belíssimo túmulo em mármore rosa vindo especialmente de outro estado, para ser incrustado com um trabalho de mosaicos negros e algumas palavras de amor e desconsolo. Deixou a menina com os tios e, ao morrer, uma grande fortuna em seu nome.

Quando pequena costumava mandar cartas ao pai, que se mudara para outro país. Continuou mandando cartas agora para o seu médico, que eu corrigia, pois nunca ligou para uma escrita bem elaborada. As cartas que mandava eram encantadoras na simplicidade e nas declarações de amor. Mandava-lhe também presentes, roupas e brinquedos para as crianças. Enviava custosos livros de Arte, pois o considerava um homem sensível, porém pouco culto, necessitando de mais conhecimentos. Em suas conversas semanais um dos atrativos do encontro eram as aulas que lhe dava, pois tendo se formado em artes na faculdade, exibia assim sua superioridade intelectual, que ele admirava.

Em troca ele retribuía com ternura. Era belo, com cabelos brancos nas têmporas, e o corpo alto, magro, de gestos nervosos e ágeis. Um sorriso irônico permitia que se percebesse o quanto era inteligente, e quanta coisa guardava para si, raramente falando de sua vida ou da família. As poucas vezes em que se referiu à mulher foi sempre com certo ar de desprezo. Não a amava, isso era evidente. No consultório pequeno e modesto não se percebia nenhuma presença de lembranças ou fotos de família.

Continuou assim a relação amorosa, apaziguada pela aceitação de um fato sem solução.

No dia em que ele confessou que estava deixando a mulher, renasceu-lhe uma pequena chama de esperança. Arquitetou um plano. Convidou-o para um fim de semana em sua casa de campo. Arrumou o quarto em que ficaria acomodado, com a colcha de plumas, e o aquecedor ligado, pois já eram frias as noites nesta época.

Esperou sua chegada enchendo os vasos com flores cortadas de seu jardim. Preparou um delicioso jantar, acompanhado do vinho tinto de que ele gostava. A lareira ardia, a música de Vivaldi no toca-discos e ela, vestida com esmero para a ocasião, esperou.

Quando ouviu o ruído do carro que parava à porta, correu com o coração suspenso para recebê-lo. O doutor, sorridente, apresentou-lhe seu companheiro de viagem. Era um belo moço, muito jovem, olhar cínico, vulgar e perturbador.

Jantaram enquanto o mundo se desfazia, uma parede caía, pedra por pedra, sem ruído, sem que o percebesse o amado doutor. A conversa foi banal, os silêncios preenchidos por risadas dos dois homens que faziam um jogo que era só deles. Um jogo cheio de subentendidos amorosos, às vezes de mau gosto.

Foram para o quarto lindamente arrumado e aquecido, já embriagados com o vinho e o conhaque tomados ao pé da lareira.

Passou a noite em claro e teve, como sempre, pensamentos de morte. Tomou dois comprimidos de Lexomil e finalmente adormeceu de madrugada. Acordou com os latidos do cachorro, e as gargalhadas de Adão e seu companheiro que passeavam no jardim. Percebeu então o quanto poderiam ser grosseiros certos homens quando se tratava de sexo.

Sendo esta uma história de amor, decidiu que seria sua última, um amor descarnado que por isso mesmo poderia continuar existindo. Teria que continuar sentindo a dor presente, cujo esquecimento não poderia se dar como descanso. Só um transbordamento. Não sentia mais medo.

O casal, que se tornara estranho para ela, foi embora no dia seguinte. Ficou mais dois dias em casa, ao lado da fogueira, com o cachorro e os gatos deitados ao seu lado. Não pensou em nada. Os pensamentos eram pedaços de pano esgarçado que vinham de muito longe, de muito tempo, lembranças esquecidas que voltavam. Reviveu o passado como se não fosse seu. Folhas de um livro que relia aleatoriamente — nunca o mesmo livro, apesar do título e da capa serem os mesmos, agora cobertos por uma grossa poeira.

Voltou para sua casa na cidade, onde continuou a levar a vida de antes. Não foi mais ao consultório de seu médico.

Um dia telefonou-me dizendo que sentia forte dor no peito. Corri até seu quarto, onde a encontrei desmaiada na cadeira ao lado da cama. Tentei chamar uma ambulância, não consegui. Nesse meio-tempo, ela já desperta, me disse que não iria a hospital nenhum. Queria deitar-se, e pediu que eu telefonasse ao doutor Adão. Eu obedeci. Falei com ele, que não demorou a chegar.

Enquanto isso, pediu à empregada que trocasse a roupa de cama por outra mais luxuosa e vestiu uma camisola lindíssima de seda pura. Quando lhe dei o espelho, o pente e o batom que me pediu, vi o quanto estava doente, com os lábios muito roxos. Ao chegar o doutor perguntou-me como eu a encontrara, a posição e mais detalhes. Quando terminei, ele me disse:

— Deve ser manha. Ela é muito manhosa.

E entrou no quarto, onde ficou por um bom tempo, enquanto eu esperava na sala. Quando voltou, disse:

— Ela está bem agora, dei-lhe uma injeção para dormir. Dormirá a noite toda. Se precisar de mim pode me chamar.

Foi-se embora. Eu entrei no quarto, ela ainda queria ver tevê. Não consegui ligar o aparelho que não mostrava imagem alguma. Irritada, ela me disse:

— Sempre que você mexe na tevê, ela deixa de funcionar. Vai, vai embora. Vá para casa que estou com sono. Quero dormir. Apague a luz.

No dia seguinte, muito cedo, atendi o telefone. Fui correndo e a encontrei em sua posição de sempre quando dormia, com a mão perto do rosto. Beijei-a. Estava tão gelada, tão gelada. Eu disse apenas:

— Mãe, como você está fria. Vou lhe cobrir.

E saí do quarto.

Eugenio, um amor

Eu o conheci três vezes e nas três vezes o amei com o mesmo profundo amor. Uma na juventude, outra na meia-idade e a terceira na velhice.

A primeira foi quando o vi entrando no quarto de meu pai, que já estava com a doença fatal adiantada. Entrou junto ao sol, que o acompanhou sempre. Mesmo nos dias nebulosos, o quarto em que entrava resplandecia e a doença se apagava na luz irradiada.

De uma coisa eu tinha certeza, ele iria curar meu pai.

Era belo, a cabeça, com poucos cabelos loiros, e os olhos castanhos transmitiam uma tal inteligência, que eliminava qualquer dúvida quanto a sua capacidade de cura.

Tendo já seus trinta anos, ainda tinha a certeza que trazem em si os meninos prodígios. Era assim considerado por todos, que se maravilhavam com sua capacidade de, aos sete anos, declamar versos inteiros da *Divina Comédia*, que lhe eram lidos pelo pai, dr. Guido, famoso e erudito médico italiano, que viera ao Brasil para dirigir um hospital.

Assim que o vi, soube que seria ele o homem que me acompanharia até o fim de minha vida, mais longa que a dele, em todas as intermináveis três vezes em que o amei.

Era sedutor e sabia usar esse dom. Não havia nada nele que não fosse verdadeiro. Não havia afetação na sua vontade de agradar. O gesto de amor lhe era natural. Estava a isto acostumado, filho caçula sempre perto da mãe, e mimado pelo pai, que era rigoroso com os outros filhos. Menino, gostava de sentar-se à grande mesa do consultório, balançando as pernas curtas, enquanto enchia folhas de receituário com garatujas.

Ao morrer o pai, a primeira coisa que fez foi sentar-se à mesa, dizendo: "esta mesa é minha, aqui ninguém senta". E assim foi.

Quando o conheci, médico famoso, já tinha sido casado com uma mulher extremamente feia, porém rica, de família tradicional, que morreu de uma encefalite aguda assim que chegaram da viagem de núpcias. Como era muito jovem, Eugenio, sem pais, ficou morando na casa de seus sogros, que o adotaram como filho.

Foi brilhante cirurgião, e dava aulas na Clínica Cirúrgica da Faculdade de Medicina, como chefe de disciplina. Sempre admirado, não só por colegas e por alunos, mas especialmente pelas mulheres, dava suas aulas com graça especial. Sendo exímio desenhista, desenhava com um giz em cada mão, em gestos contínuos, qualquer órgão do corpo humano, não necessitando de quadros ilustrativos. Era um artista. Sua distração aos domingos consistia em pintar belos quadros, que nunca pendurava. Deixava-os encostados ao rés do chão, sempre voltados para a parede, para que não fossem vistos. Não os mostrava a ninguém. Fui a única a vê-los.

Grande estudioso, publicou vários artigos sobre a anatomia e as artes. A respeito do pintor El Greco, dizia que o alongamento dos corpos pintados pelo artista devia-se ao seu astigmatismo. Deu várias palestras como crítico de arte, especialmente sobre o Surrealismo e os elementos de sua iconografia na pintura. Suas cirurgias eram conduzidas com a elegância de um artista, sem manobras cirúrgicas desnecessárias.

Tenho ainda comigo uma publicação em que ele analisa a obra do Aleijadinho, sempre unindo a estética à medicina, onde afirma ter sido Aleijadinho um doente de lepra. Tudo isso não me interessava pois, para mim, a obra do artista e seus problemas físicos eram coisas independentes. Geralmente eram essas as nossas discussões. Nunca duvidei, porém, de sua extraordinária capacidade cirúrgica que, no entanto, não conseguiu salvar meu pai.

Era nietzschiano, ao pé da letra, sem o saber, pois acreditava que as diferentes civilizações refletem certos climas intelectuais, cada um, particularmente prejudicial ou salutar a um ou outro órgão. Via a história como a ciência dos remédios, mas não a própria terapêutica. Seria por isso necessário um médico que utilizasse esta ciência dos remédios para enviar cada um ao clima que lhe é particularmente salutar — por um período, ou para sempre. "Ao lado da cura do espírito", dizia, "é necessário que, no tocante às coisas corporais, a humanidade apreenda, por meio de uma geografia médica, quais são as doenças que cada região da terra provoca, quais os fatores de cura que ela apresenta." Eu não entendia muito bem suas teorias, elas me eram estranhas, às vezes pareciam alucinações. Considerava a terra como uma estação de cura, onde os indivíduos deveriam ser transplantados sem cessar até serem dominadores de sua própria hereditariedade. Esta maldição, dizia eu, não me permitia o acesso ao livre arbítrio, e para a qual, segundo meu ponto de vista, não havia cura.

Nossas conversas não giravam somente em torno de assuntos relacionados à filosofia ou à arte. Brincávamos e ríamos muito, como crianças. Adorávamos viajar, passear de barco. Velejar era seu esporte favorito, do qual eu não participava, pelo medo que tinha do mar.

Ficávamos o dia todo na praia e, sendo ele muito claro

de pele, eu o encharcava de óleo Nívea para bebê. Eu o adorava nestes momentos em que ele, brilhante de óleo, sob a luz do sol, entrava no mar. Era para mim um deus naquele instante, apesar da fragilidade de seu corpo, pois não era um homem grande nem forte ou musculoso. E era justamente esta fragilidade de um corpo com a força de uma cabeça que me fazia amá-lo tanto.

Quando voltávamos da praia, exaustos, tomávamos banho e, perfumados, com os corpos ainda sedosos do óleo, nos deitávamos e fazíamos amor, um amor louco às vezes; outras, um amor suave e delicado, vagaroso, até adormecermos enlaçados, esquecendo até de jantar. São estes dias e noites que ficaram em minha memória como os mais belos de nossa relação. Que nunca mudou.

Ao chegar do serviço, muito cansado, eu lhe preparava um uísque com gelo. Tinha já as velinhas acesas na lareira e a música que ele amava no toca-discos. A casa toda, à espera do amado, perfumava-se com o cheiro delicioso do jantar. Depois do banho, que tomávamos juntos em nossa jacuzzi, vestíamos belos e coloridos quimonos, amarrados na cintura com largos cinturões. Descíamos as escadas de madeira de nossa casa para o jantar e, depois de a baiana gorda e preta, que nos serviu durante longos anos, sair, ainda ficávamos a conversar durante algum tempo.

Nunca me falava sobre suas experiências no hospital ou consultório, nem assistia à tevê. Dormíamos sempre abraçados. Ao acordar, se sobrasse algum tempo ainda, me acariciava até chegarmos ao ato de amor, com o qual iniciávamos nosso dia. Ele saía para o hospital, enquanto eu entrava em meu Fusca verde em direção à faculdade, onde fazia o curso de pós-graduação em literatura. Meu trabalho intitulava-se *Crime e santidade*. Sempre comecei tudo o que escrevi pelo título, e foi este que me levou a Dostoiévski. Nunca consegui um retrato exato — nem era minha intenção escrever uma biografia. Jamais me considerei especialista em qualquer assunto, mesmo que tivesse lido toda a obra do autor russo. Sobre mim, é a única coisa que direi. É dos três homens de minha vida que desejo falar.

    Aos poucos, percebi que Eugenio voltava do hospital cansado demais para conversarmos. Apenas bebíamos. Esperava o entorpecimento para deitar-se. Não mais fazíamos amor. Durante a noite, acordava várias vezes. Irritado, passou a tomar comprimidos para dormir. Começou com um, trocou por outros mais fortes. Daí em diante, o inferno abriu suas portas para nos esperar. As garrafas de bebida multiplicaram-se pela casa até chegarem ao nosso quarto de dormir. Passei a beber também — eu, que tinha pouca resistência ao álcool, bebia menos que ele. Da euforia inicial, passávamos à depressão. Piores eram as manhãs. Eu ficava deitada, enquanto ele se arrastava com má vontade em direção ao hospital.

    Deixou de ser cirurgião, pois suas mãos tremiam. Sentia-se inseguro.

    Chegava em casa mais cedo, deixando com a secretária do consultório recados de que teria viajado para congressos.

    Os filhos, já adultos, diminuíram as visitas à nossa casa, pois não suportavam, entre outras coisas, o cheiro de álcool que permeava o ambiente. Mesmo ao nos beijar, eu sentia que o faziam com um certo desgosto. Falavam com a baiana em voz baixa antes de partir, e tinham sempre um ar preocupado. Um dia nos visitou dr. Rosário, melhor amigo de meu marido, que, alertado pelos meninos, e preocupado com a ausência de Eugenio, veio nos ver. Saiu cabisbaixo e silencioso.

    As persianas e as cortinas fechadas já não permitiam diferenciar o dia da noite. A vida era outra. Não deixava de ser vida, mas se parecia cada vez mais com a morte — ou com aquilo que achamos ser a morte, porque não a conhecemos e acreditamos ser um sono sem sonhos.

Tínhamos nos tornado puros, brancos e cristalinos, como a vodca que tomávamos. Um o espelho do outro.

Foi um dia-noite. Eugenio rolou pelas escadas. Bateu a cabeça. Depois de algum tempo, cresceu-lhe um tumor. Foi do golpe? Não saberia dizer. Dr. Rosário o internou numa clínica fora da cidade. Lá ficou, sentado numa cadeira de rodas. Deixou de falar, não me reconhecia mais.
Ali morreu. Eu fiquei.
Voltei à liberdade, dominada por uma profunda tristeza.

Nas outras duas vezes em que o encontrei, não era mais o mesmo homem, nem o mesmo amor.
Para ter compaixão é necessário um espaço de separação. Eu e o outro nos encontramos em um espaço não meu nem dele, mas num espaço único. Só aí o encontro pode se dar, o verdadeiro, o do amor reencontrado, porém diverso.

Vivi com a sombra do primeiro amor duas vezes mais. O tempo de uma vida. Vivi a perplexidade diante do mundo, de mim mesma e daqueles que me cercaram. Estava enlouquecendo? Ou era uma espécie de consciência diferente da usual? Tudo me parecia destituído de verdade, de cor, de sentido.
Voltei à vida, mas não era mais a mesma. Não havia evolução. O prazer perdido ficou assim para sempre. Impossível substituí-lo. O primeiro Eugenio foi sempre o mesmo. Os substitutos vieram. Outros prazeres surgiram, outras experiências vividas, porém nenhum progresso, só mudanças. Um elemento a mais na construção do desconhecido.

Agora que me torno mais velha, me aproximo do mesmo amor de maneira mais profunda. Ao contrário do que deveria ser, para aprender a me afastar, deixar o caminho livre, mais chego perto deste terceiro e último amor que é e sempre será o primeiro Eugenio.

> "Mudo de vida como se passa da sombra ao sol, ou do sol à sombra, em um instante concreto, que instaura uma diferença física, à flor da pele, uma tênue diferença, porém radical, entre o antes e o depois, entre o passado e o porvir."
>
> Jorge Semprún

Chá e maçãs

1

Milena, Mílena, como era chamada em seu país, estava só. Só como o quê? O que é mais só no mundo? Tanta coisa. O firmamento e a formiga no meio do formigueiro. A onda que bate no rochedo e a tartaruga com sua cabeça enrugada e o estranho olho oblíquo.
Todos sabem sê-lo. Nós, não. A solidão é própria do universo. Milena estava completamente só. Era bom? Era mau? Não era nada.
O nada humano se preenche de alguma forma desnaturada. A forma de Milena preenchê-lo era o cigarro. Fumava com um desespero crescente. No prato, as metades fumadas iam acumulando e à noite havia uma pequena montanha de tocos queimados. Ouvindo Sinatra, Sablon e lendo Kafka, com óculos de lentes espessas, ela fumava com furor.

2

Nascera numa casa magnífica, de pais severos e sorridentes. As exigências que estes faziam, transformadas em exercício de amor familiar, pareciam-lhe um dever que não lhe cabia julgar. Sempre quisera uma irmã, porém amigas tornavam-se irmãs por um tempo, e depois desapareciam. Nada permanecia por longo tempo. Suas roupas eram trocadas antes que ficassem velhas. Os livros de que tanto gostava eram retirados de seu quarto assim que os terminava de ler, sendo cuidadosamente colocados em estantes protegidas na poderosa biblioteca, quarto assustador com livros imensos muito bem enfileirados, sombrias imagens cheias de segredo, imóveis atrás de altas portas de vidro trancadas a chave. Nunca vira ninguém nesta sala. Os avós paternos, que moravam no segundo andar, tinham morrido um após o outro. O avô, alto, empertigado em seu terno com colarinho duro, de olhos azuis, suave para com ela — e que Milena amava — morreu em seus aposentos de morte lenta e atroz. Um câncer o corroeu por muitos anos. Ouvia gritos terríveis que a assustavam a ponto de o terror tornar-se parte de seus sonhos. A avó, após a morte do avô, chorava o tempo todo, andando pela casa como louca. À noite, os gritos foram substituídos pelo choro que Milena procurava não ouvir, tampando os ouvidos com algodão.

Toda esta tristeza, porém, não abalava os pais de Milena, que tinham uma vida social agitada e festiva. Quando saíam com suas roupas brilhantes iam sempre rindo, numa agitação, num farfalhar continuado.

O que se passava no segundo andar não chegava até eles. A fortuna dos avós já lhes fora toda antecipada, sendo Karl, pai de Milena, filho único e portanto único herdeiro.

Quando morreram os avós, houve um silêncio enorme na casa. Milena, entretanto, ainda esperava ouvir os lamentos e suas noites continuavam cheias de susto. A velha governanta russa, a quem chamavam de Babushka, às vezes lhe fazia companhia. Quando Milena lhe implorava, a velha e pesada camponesa de ralos cabelos brancos puxados num birote apertado ficava com pena da menina e recostava-se algumas horas em seu quarto, contando-lhe velhas histórias que ouvira na sua terra branca. Pois para ela a Rússia era sempre branca. Havia paizinhos, mãezinhas, havia babushkas como ela, e também babaiagas; havia cães brancos, trenós, missas solenes cheias de ouro, figuras imensas, homens de barbas longas, paramentados em glória, incenso, velas altíssimas, música — e tudo isto fazia com que a velha camponesa, ao contar suas histórias, movesse o corpo para frente e para trás. Às vezes cobria os olhos com as mãos para proteger-se de todo este ofuscamento.

E então Milena dormia, exausta, rodeada de um esplendor dourado, pensando que assim devia ser o paraíso e que seria uma boa menina para que um dia pudesse chegar até lá.

3

Babushka, cujo nome era Madalena, veio da Rússia aos dezesseis anos, órfã, e passou a trabalhar na casa dos ricos judeus da Boêmia. Ali aprendeu a falar tcheco e também alemão, viu nascer Milena, muitos anos depois sua filha, e ali ficou até o dia em que desapareceu, levada pela onda gigantesca que cobriu o país.

Madalena gostava de tudo que brilhasse, apesar de seu quarto, da mais branca simplicidade, ter um objeto somente que brilhava à luz de uma vela sempre acesa. Era um ícone de latão dourado, com a Santa Virgem carregando o menino.

Às vezes Madalena e Milena se ajoelhavam para rezar em frente à santa. Uma rezava em russo enquanto a outra repetia as palavras, sem lhes entender o significado.

Madalena perdeu os dentes cedo e, como se recusasse a pôr dentadura, toda vez que ria, e ria bastante, deixava à mostra as gengivas desdentadas, o que lhe dava, não se sabe por quê, um ar maroto. Ou era o olhar, de um azul puro como só os anjos poderiam ter. Um anjo desdentado de olhar maroto. Acreditava em tudo que lhe diziam.

Às vezes os empregados da família faziam brincadeiras maldosas que a deixavam perplexa. Pois quem jamais vira uma lagartixa com asas de borboleta? Ela não só vira como passou a acreditar que lagartixas podiam ter asas, ou que os mortos realmente voltavam para suas casas e podiam ser vistos passeando pelos corredores.

Quando menina, a mãe de Madalena a obrigara a segurar com força os dedos gelados do pai estendido sobre a mesa, para que o defunto não voltasse mais. Mesmo assim, acreditava que ele poderia voltar e o horror que lhe causara aquele contato persistia sempre. Acreditava na existência de todas as criaturas que assombram o mundo infantil e as almas danadas faziam parte de sua realidade cotidiana.

Quando o avô de Milena precisava de ajuda, era Madalena quem lhe trazia conforto, proteção e a delicadeza de mãos hábeis. Em toda sua vida deu amor a quem precisava. Era uma alma simples. Não gostava de pássaros, tinha ódio especialmente aos papagaios. E isto era estranho numa mulher tão derramada de amor pelos outros. Fora ela quem ensinara Milena a tomar um gole de chá esfriado no pires e comer uma fatia de maçã em seguida, cortada em lâminas pousadas no fundo da xícara.

Milena nunca se esqueceria dela e a única coisa que lhe restou dos objetos familiares de Babushka foi o ícone da Virgem, para o qual sempre acendia uma vela, e rezava em russo sem entender as palavras.

4

O casamento de Milena, arranjado pelos pais, foi uma festa florida e brilhante. Milena, entretanto, viveu todo este período em estado de ausência. Não se encontrava lá. O vestido, as pérolas, as flores, as luzes, o noivo que a beijava como se chupasse uma laranja, sorrindo de prazer antecipado — tudo isso lhe era estranho. Muita dança ao som de músicas barrocas, à luz de centenas de velas brancas, dava à cerimônia um ar ao mesmo tempo solene e gracioso. Poderia ser um baile na corte de um rei espanhol. Vozes infantis misturavam-se com as dos adultos no coral que acompanhava as canções executadas por instrumentos da época renascentista.

Milena vivia aquilo tudo como um sonho.

5

Apagaram-se as luzes, e acendiam-se lampiões e velas. Na escuridão de fora já começara o obscuro terror a brotar lentamente e pequenas cabeças de serpente surgiam da terra negra e úmida; línguas vermelhas brilhavam como flores. Sinais estranhos, negras botas brilhantes faziam suas aparições em lugares inesperados.

Nas ruas as pessoas andavam com passos apressados. As vozes, mais baixas. Os olhares pareciam se dirigir para os lados, qualquer ruído trazia um sobressalto. Os dias ficaram mais curtos. Os homens voltavam para suas casas mais cedo e os que estavam acostumados a se encontrar nos bares, depois do trabalho, faziam-no rapidamente. Maledicência e desconfiança passaram a fazer parte da vida.

Mesmo aqueles que não sabiam exatamente o que estava acontecendo viviam sob um clima de angústia, com um aperto no coração, uma tristeza sem nome.

Os dias continuavam gloriosos, o céu azul, as folhas verdes brilhantes naquele começo de primavera. Mas as noites concentravam uma espécie de mau cheiro, de algo queimando, que penetrava pelas janelas fechadas das casas.

Milena e o marido, que então moravam na casa dos pais, pareciam nada perceber. A família vivia como nos grandes dias de luxo e opulência. Afirmava-se a vida como boa e eterna, portanto alegre e brilhante. Nada poderia acontecer a quem estava tão bem protegido pelo poder do dinheiro.

Havia, porém, serviços de inteligência que tudo viam e anotavam. Os judeus eram particularmente visados.

Alguns empregados da casa desapareceram misteriosamente. Milena queixava-se de dores de cabeça mas, como estava grávida, atribuíam-se as violentas enxaquecas ao seu estado. Agora saía da cama somente para as refeições, em que quase não tocava. A comida, os cheiros, davam-lhe também náuseas.

O marido, enigmático e sorridente, passou a se fechar no escritório. Saía às noites elegantemente vestido, com um cravo branco na lapela, só voltando tarde, sem falar com Milena.

Arranjara uma amante, uma tal Gleich muito conhecida nos meios abastados. Era uma mulher mais velha, de cabelos um pouco grisalhos, extremamente astuta, que diziam ser espiã. Apesar do mistério, ou quem sabe por isto mesmo, o par era convidado para inúmeras festas, enquanto Milena ficava em casa.

No começo passava as noites chorando, porém o peso enorme de sua barriga, que a arrastava para baixo como se o chão implorasse para ela derrubar seu fardo, foi lhe ocupando os pensamentos e o marido tornou-se o estranho que não a via nem falava com ela.

Madalena era sua única companhia. Ainda rezavam juntas. Milena passara a andar de cabeça baixa, com as mãos segurando o ventre enorme. O olhar de ternura, dor e espanto lhe dava uma expressão bíblica de fatalidade.

Quando nasceu o bebê, uma grande menina de cabelos loiros, houve festa e alegria na casa. Os avós festejaram a criança que ali chegara no momento errado. Deus não deveria mandar filhos para esta terra que em breve se transformaria num matadouro.

6

No meio da noite fomos levados. Meu pai, minha mãe, Madalena e o bebê. Eu e mamãe fomos transportadas num trem para Cracóvia. Meu pai, eu o vi sendo empurrado para outro trem. Madalena, com o bebê apertado ao peito, desapareceu na plataforma da estação.

Na chegada ao gueto de Cracóvia, na mais completa escuridão, a única coisa que eu fazia era procurar minha mãe, perdida no meio da grande quantidade de mulheres. Barracões de madeira de onde não saía luz alguma, apenas sons, zumbidos, gemidos, alguns gritos abafados.

Resolvi ficar parada, quieta. De nada adiantava correr de um lado para o outro. Encostei-me num canto e ali fiquei a noite toda, até de manhã bem cedo ser empurrada para um chuveiro escaldante e em seguida ter a cabeça raspada, vestir uma roupa cinza grande demais, com uma estrela amarela costurada do lado esquerdo, e então novamente a espera. Sendo já dia, andava por onde não havia guardas, pois, quando uma me encontrava dava-me um soco na cabeça ou um safanão mandando-me ficar mais perto dos barracões, para onde finalmente entrei. Bloco 8, era o meu barracão. Não direi o que senti. Só sei que dormi num estrado de madeira até minha mãe me encontrar.

Tendo as cabeças cobertas por um lenço, o corpo tatuado com um número e os trapos sobre o corpo bordados com uma estrela, as duas nos abraçamos, ficando assim sem comer nem beber desde que tínhamos chegado. Quando?

7

Nos documentos sobre os Crimes de Guerra Nazista está escrito assim:

"Na manhã de 18 de janeiro de 1943, fomos empurrados em caminhões de gado estacionados na Estação Oeste em Cracóvia. À tarde, chegamos à estação de Auschwitz. Fomos separados em dois grupos. Homens e mulheres, cada um para lados diferentes".

Em outra página: "Os catres encostados nas paredes pareciam casas de coelho abertas de um lado, onde dormiam as mulheres. Os catres estavam sempre molhados e cheios de excrementos.
De vez em quando surgiam epidemias no campo. Não havia privadas nas barracas e os guardas não permitiam que ninguém saísse à noite".

Continuando mais adiante: "Vi Unger pela primeira vez, quando estava nua na casa de banho. Ele foi trazido pela mulher, Amveiser Ptofelfern. Notando meu corpo, ela disse que gostaria que eu posasse para que ela pudesse me desenhar. Perguntou-me se eu tinha uma escrita legível e se sabia escrever bem em alemão. Eu respondi afirmativamente. Ela disse que me recomendaria ao seu superior e que eu seria empregada como secretária, na Divisão Política".
Daquele dia em diante fiquei em companhia de minha mãe. Ao ser removida do gueto de Cracóvia eu pretendia me suicidar. Não o fiz por causa dela. Agora, quando voltava à noite para o meu barracão, esperava sempre com uma dor no coração que minha mãe estivesse me esperando.
Numa dessas noites, quando voltei, só encontrei uma pequena trouxa em seu catre, e o silêncio das mulheres vizinhas que me olhavam como se eu não estivesse ali. A ausência tornara-se um silêncio e a morte e a vida uma coisa só.

8

Como já disse antes, Milena estava só. Eu a encontrei em Barcelona num café da Calle Montcada, absorta. Parecia pertencer ao lugar, que era pequeno e escuro. Comecei a falar com ela. Apesar de não conhecê-la, sentia uma estranha intimidade. Talvez fosse seu olhar enigmático. Míope sem óculos? Não. Um começo de cegueira. Tinha ao seu lado uma bengala. Sobre a mesa uma xícara de chá e uma maçã descascada ao lado, num pires. Fazia muito calor.

Disse-me seu nome e de onde vinha. Apresentei-me e sentei ao seu lado. Seus olhos azuis me fitavam e disse que me enxergava envolta em nuvens, fumaças brancas. Sofria de uma irreversível deterioração da retina que a levaria para a cegueira total. Um ou dois anos, talvez.

Viera a Barcelona porque lhe fora indicado um centro médico para o tratamento dos olhos. Ficara por aqui. Afinal, não lhe importava. Todos os lugares iam aos poucos se transformando em nuvens brancas. A pouca visão lhe dava um estranho desequilíbrio nos gestos. As mãos eram leves. Tocavam a xícara como se esta fosse líquida, e os dedos a penetrassem sem resistência. Pediu-me que cortasse a maçã em fatias. Depositou-as no fundo da xícara. Sorvia o chá que punha no pires e comia em seguida um pedaço de maçã que apanhava com os dedos macios, transparentes.

Tudo nela era transparente, líquido e branco, apesar da pele dos dedos manchada de nicotina, assim como os dentes, mais escuros que a pele do rosto. Os olhos, embora azuis, não tinham cor, os cílios enormes e negros eram voltados para baixo.

Levantamo-nos. Queria ajudá-la, mas ela não deixou. Disse que precisava aprender a andar sozinha. Fomos até a Catedral. Lá dentro a escuridão se iluminava em fulgurante luz de velas envoltas em plástico vermelho. Centenas, milhares de luzes vermelhas atravessando as névoas dos olhos de Milena.

Ela se ajoelhou e para meu espanto rezou em russo. Eu não conseguia desprender meu olhar de seu rosto. O branco da pele, o negro do cabelo, da boca, dos cílios, o halo vermelho das velas acesas criavam uma estranha máscara. Parecia a cabeça de uma pitonisa movendo os lábios com palavras indecifráveis para mim.

Ao sairmos da Catedral dissipou-se a estranheza, porém ficou o meu fascínio. Eu não queria deixá-la. Acompanhei-a até o seu apartamento. Era uma casa pequena perto da Plaza des Angels, três andares, porta alta trabalhada e ornamentada por enormes pregos negros.

Subimos por uma escada que ladeava um fosso interno escuro. Ao abrir-se a porta, via-se um longo e estreito corredor que terminava num quadrado de luz. Era a sala. Mesa, cadeiras e, na parede, um ícone iluminado por uma vela, daquelas mesmas que brilhavam na Catedral. No quarto, só a cama de cobertas brancas. Tudo era muito branco e luminoso. Chegava a irritar-me a vista tanta brancura. Conversamos. Não, não foi uma conversa. Foi uma longa jornada que começou sob luz forte, se estendeu até quase a escuridão, e novamente até o clarear do dia.

Como se fosse o Juízo Final de antemão selado, ela, sem emoção nem cor, me contou a história de sua vida.

9

Quando ele me deixou? A guerra ainda não tinha estourado. Um dia não apareceu em casa e recebi uma carta. Eu estava amamentando o bebê. Tenho a carta junto com alguns papéis e fotografias. Estão aí numa caixa. Vou lê-la para você.

Querida Milena

Resolvi ir para Israel junto com Ruth Gleich. Não porque seja sionista. Muito pelo contrário. Como você bem sabe, não me sinto judeu, não tenho nada a ver com eles. Só o sou porque meus pais eram, fui circuncidado e passei pelo ritual, para mim vazio, do Bar Mitzvah. Ruth, ao contrário, é uma fervorosa sionista, e como já é agora do conhecimento de muita gente, trabalha para uma organização secreta que luta contra a ocupação inglesa. Árabes e ingleses são seus inimigos mortais. Eu a acompanho, mas toda esta questão política está fora dos meus interesses, a não ser que interfiram nos negócios. Resolvi transferir todos os bens para a Palestina e lá aplicar o meu capital.

Não me preocupo com você e o bebê pois seus pais possuem o suficiente para se ocupar dos dois. Quanto ao nosso casamento, deixei um advogado encarregado de entrar em contato com você para cuidar dos trâmites necessários.

Afinal, minha cara Milena, saiba você ou não, nosso casamento foi uma transação comercial executada entre mim e teu pai. Mesmo que não houvesse amor, sempre tive um certo carinho, e no começo, pelo menos, você me proporcionou prazer.

Agora sigo para uma outra vida que, espero, não seja muito diferente, pois não gosto de mudanças. Ruth, que agora é minha mulher, exige que vivamos em Israel. Assim será.

Mandei uma carta para teus pais anunciando o fato. Um beijo.

Abraham

Perguntei a Milena como ela se sentira ao receber a carta.

Não senti nada. Parei de amamentar o bebê e o coloquei no berço. Fiquei sentada por um tempo na cadeira de balanço e, agora me lembro, senti sim. Raiva. Dele, daquela mulher, tão mais velha que eu, de meus pais, até de meu bebê. Sobretudo, tive raiva de mim mesma. Nunca amei aquele homem, nem outro depois dele. Não posso me lembrar de sentimentos de amor naquela época. Mais tarde, sim, senti amor e a perda que veio junto. Não a de meu marido. Mas de minha mãe, meu pai, Madalena e, sobretudo, a perda maior. A minha menina que desapareceu. Simplesmente varrida, transformada num enorme vazio, como se jamais tivesse existido. Durante a caçada nazista aos judeus, Madalena, que não era judia, conseguiu escapar com a criança. Depois de terminada a guerra passei a procurá-las. Visitava todas as agências de desaparecidos, andava pelos campos, perguntava aos camponeses vizinhos de nossa cidade. Cheguei a ir à Rússia para procurá-las. Esta procura foi por alguns anos motivo de minha sobrevivência. Não fazia outra coisa, não pensava em outra coisa.

Minha existência tornara-se uma enorme interrogação. Você vê na minha testa uma ruga profunda entre as sobrancelhas? Que formato tem? É como uma cicatriz, não é? Um sinal que ficou aí para me lembrar de que fui ferreteada para sempre.

Sou marcada por dois sinais. No braço, por um número do campo de concentração. Na testa, por esta ruga em formato de ponto de interrogação.

E agora meus olhos se recusam a ver. É a minha forma de negar o mundo. Não tenho mais ódio. Uma indiferença cega. Você acha que minha cegueira é dos olhos? Não. É de todo o corpo.

Falava olhando para a parede, como se eu não estivesse ali.

Logo, de olhos brancos, estarei vendo coisas raras. Serei um corpo cego, solto. Subirei por pedras e montanhas e a alma não me acompanhará.

Sombra disfarçada em árvore, pedra, rocha, subirei ao topo da montanha. Lá terei a solidão do Universo. Minha alma presa na imobilidade de sua dor ficará esperando que eu desça. Mas eu não descerei.

Sozinha no seu canto terá que esperar o momento de minha morte.

Dizendo isto, numa voz pálida, olhou para mim e levantou-se pesadamente para me dizer adeus. Era uma manhã radiosa. Me aproximei de Milena, beijei sua testa e seu pulso branco e macio.

Saí e fechei vagarosamente a porta.

Viagens que não levam a lugar algum

I

Ontem cheguei de Amsterdam em companhia de Sofia, Luis e Cláudio. Estivemos hospedados em um quarto de pensão com quatro camas. Um arranjo que achei que seria divertido, como se fosse um encontro de quatro colegas de escola em dormitório estudantil. Não foi exatamente como imaginei. O espírito escolar já nos deixou há muito tempo e mesmo sendo os três mais novos do que eu, carregamos vivências das quais nem eles nem eu podemos nos desembaraçar como quem larga uma mochila.

A camaradagem livre dos jovens pode facilmente se transformar em incômoda intromissão. A juventude vive bem no gregarismo. Não na meia-idade ou velhice. Precisamos de recolhimento, certo grau de solidão. Mesmo assim, a visita ao Museu foi muito emocionante, os desenhos de Malevich uma experiência única, momento de grande espanto frente a um aspecto totalmente desconhecido da obra do grande artista russo.

Nesta viagem chorei com três autorretratos: um Emil Nolde, antes da morte; um dos últimos retratos de Picasso, desenho terrível e mortal de si mesmo: uma caveira de pedra com imensos olhos arregalados, montada sobre um pedestal, e, por fim, o autorretrato de Rembrandt. O olhar de um ancião olha para fora já com a morte ali dentro. Em toda esta viagem de antigos camaradas, a morte e o sexo nunca deixaram de estar presentes.

As camas no pequeno quarto de pensão, encostadas umas nas outras, davam a sensação de uma intimidade que eu não desejava. Ao meu lado dormia Cláudio, homossexual declarado, que saía à noite como um gato encolhido, voltando de madrugada cheirando mal. Eu não podia mais dormir com a sua presença ao meu lado. De manhã, os dois homens se arrumavam e saíam do quarto antes de nós, para que tivéssemos a liberdade de tomarmos nosso banho e nos vestir.

Voltamos de carro, Luis, de cara amarrada, sem pronunciar palavra, Sofia, sempre alegre, e Cláudio assobiando ao acompanhar um quarteto de cordas de Beethoven, que tocava em alto som no rádio. Além disso, com os vidros fechados por causa do frio, aguentávamos a fumaça do charuto que Luis não tirava da boca, dando grandes baforadas, sem se importar com o incômodo que causava. Cheguei finalmente em meu hotel, onde Riveira me esperava no minúsculo bar da entrada. Zangado, queria saber por onde eu tinha andado. Respondi que não lhe devia explicações. Subi ao meu quarto. Ele veio atrás, tranquei a porta e não o deixei entrar. Começou a bater na porta, cada vez mais alto, até chegar ao ponto exasperado de gritar. Como eu não atendia, ele, cansado e bêbado, deitou-se no corredor e dormiu até o dia seguinte, quando o encontrei ali estendido. Tive pena, mas não o acordei. Ao chegar a noite, ele já tinha ido embora.

2

Fui jantar na casa de Guilherme e Francisca. Não tive paciência de analisar o triângulo emaranhado que se formou. Eu, a ex-amante, o homem e sua atual esposa. Certamente uma situação estranha. Não só porque depois de trinta anos renasceu-lhe uma ternura por mim e também um desejo que ele resolveu não esconder de sua mulher. Falou do passado sem preocupação em lhe ocultar o que quer que fosse. Uma situação incômoda para mim e para ela que, alternando momentos de ódio com outros de carinho, não se encontrava à vontade para me odiar nem para me amar. Não foi uma noite agradável, apesar da deliciosa comida preparada por ele, que sempre fora bom cozinheiro. No fim do jantar, conversamos, enquanto Francisca sentou-se em frente à lareira para ler uma revista, sem o menor constrangimento.

Os dois me levaram de carro para o hotel em que eu me hospedava e me convidaram para almoçar no dia seguinte em sua casa. Disse que lhes daria uma resposta. Não fui, é claro. Não entendo o motivo do convite. Ou sim, entendo, queriam continuar a incômoda situação.

3

Fiz uma cirurgia de catarata no olho direito no começo de fevereiro e agora aguardo a outra, que será no dia 16 de março. Esta espera que se prolonga é terrível, pois além da expectativa, há a falta do que fazer. Não posso ler, escrever, desenhar ou ver tevê. Passo o tempo ouvindo rádio e as lamúrias senis de meu marido.

Não se pode alcançar a felicidade na sua busca consciente.

Viktor Frankl, em um de seus livros: "Não procurem o sucesso. Quanto mais o procurarem e o transformarem num alvo, mais vocês vão errar. Porque o sucesso, como a felicidade, não pode ser perseguido; ele deve acontecer, como resultado de uma dedicação pessoal a uma causa maior, ou como subproduto da entrega pessoal a outro ser".

Esta ideia, tão importante, é um estímulo que nos leva na direção certa e nos afasta dos desvios que muitas vezes nos carregam para águas perigosas, incertas ou mesmo mortais.

O que isto tem a ver com minha catarata? Nada. Pensamentos de quem não tem o que fazer, a não ser pensar. O que não seria pouca coisa se estivesse menos inquieta com minha situação.

4

Escrevo. Não faço outra coisa que descrever, este sucedâneo literário que encobre minha carência, minha incapacidade. Desespero.
É hora de ir para a rua, pois as lojas começam a abrir às cinco horas da tarde. Vou olhar vitrines. Se tivesse dinheiro, compraria algo para satisfazer meu vazio. Não o tendo, entro em uma confeitaria onde como um doce e tomo um expresso com leite. Não há nada de essencial em minha vida. Desespero. Volto ao quarto. Tento escrever.
Encho folhas de caderno com nomes de cães. Escrever nomes de cães que participaram de uma competição é uma forma de não escrever nada de meu, apenas copio algo que chamou a atenção de meu olho e ouvido. Não sou responsável pelo que escrevo. Minhas ideias fogem, sinto-me incapaz. Assim como uma folha de papel cuja escrita original vai sendo borrada por várias camadas de escrita de outros. Aos poucos não se verá mais nada. Nem a minha escrita nem a dos outros.
Encontro-me dentro de um fosso, e este mesmo fosso encontra-se dentro de mim.

Sonhei que estava no último andar de um grande prédio, a céu aberto. Sobre o chão há uma colcha que se move com alguém dentro. Uma criança ou boneca. A colcha me prende, me sufoca. Não respiro, debato-me. Depois de muita luta para me desembaraçar, salto do prédio com a colcha na minha mão como paraquedas. Desço vagarosamente...

5

De um artigo no caderno de sábado do *Jornal da Tarde*:
"Em Joyce, o gesto heroico é a partida, assim como no mito de Parsifal, onde este ato desencadeia toda uma constelação de forças sobre-humanas. Gesto voluntário, funciona como afirmação radical do indivíduo que, desvencilhado de todos os vínculos com a terra e cidade natais, passa a viver menos em função de condicionamentos e convenções externas do que em função dos impulsos que brotam de seu íntimo e aos quais passa a ser possível dar expressão com maior liberdade...".

6

Seis horas da tarde. Entro na sala, as janelas entreabertas mostram, de um lado, uma árvore copiosa, cheia, madura, e do outro, uma árvore seca, morta. O tronco coberto de parasitas e os tocos de madeira secos devem estar úmidos por dentro, pois cogumelos pardacentos lhe cobrem a superfície enegrecida. Alguma seiva terá esta morte nem que seja para alimentar uns míseros e nojentos fungos. Passei a odiar esta árvore que antes amei. Chorei quando morreu, tracei paralelos simbólicos com minha vida. Identifiquei-me com ambas, a que estava viva e a outra, morta, uma do lado da outra. Hoje não posso olhar para fora sem um ligeiro asco. Fecho a cortina, acendo as luzes dos abajures, ligo o rádio, ponho uma música de Mozart ou Bach no aparelho, acendo duas velinhas na mesa baixa em frente ao sofá. Tomo um uísque com duas pedras de gelo e um pouco de água. Começo a andar vagarosamente pela sala, olho cada detalhe. A luz rosada do abajur sobre o piano preto, a tira de pano dourado que o cobre. O vaso de vidro antigo que reflete a luz da rua. A biblioteca cheia do colorido dos livros e o sofá de veludo cor de ferrugem, coberto com a peliça de um animal raiada de manchas escuras.

Eu me pergunto: de que vale descrever uma sala, a minha sala? E o que é minha sala senão o mundo acolchoado, cavernoso e sombrio que habito? E de que vale descrevê-lo se não é o meu mundo que surge, mas o seu espectro?

E quando me pergunto de que vale descrever, penso também na função de escrever. Ernesto Sábato diz que o principal problema do escritor talvez seja o de evitar a tentação de juntar palavras para fazer uma obra. O artista sonha o sonho coletivo, diz Sábato, e do sonho coletivo surge a ideia de um imenso, gigantesco húmus de onde se nutrem todos os sonhos humanos. Não há, digo eu, nenhum sonho que já não tenha sido sonhado, nenhum pesadelo mais terrível do que aquele em que a vida e a morte encetam o seu combate eterno.

Escurece lá fora, das árvores só vejo a sombra refletida. Eu escrevo. Só. Nada mais que isto. Junto palavras.

7

Gosto de Svevo porque gosto de Trieste, onde nasci, mas de que pouco me lembro. Trieste é Svevo. Gosto das casas sombrias que desconheço, lá fora o bora, a chuva e, ao longe, o apito dos barcos.

Eu, dentro da casa de Trieste, as lâmpadas pequenas iluminando os quartos repletos de móveis pesados e tapetes orientais, e meu pai na biblioteca escrevendo. Gosto do cheiro, delicioso cheiro de comida que vem da cozinha, gosto de saber que há uma mulher eficiente, de avental branco e longo, preparando o jantar. Este sonho burguês de minha infância me embala e no seu tédio me enleva.

Chove muito lá fora, não estou mais em Trieste, nem o sonho burguês existe. Meu marido me chama para ver a tempestade pela janela. Seu nome é Abraham.

8

A infância é algo tão estranho, é como estar e não estar no mundo, e agora sinto que estou demais no mundo, e estar demais no mundo é horrível. Estou demais no mundo ou o mundo está demais em mim, e isto dói. Não gosto de minha infância, nem gosto de hoje.

9

Quando cessa esta responsabilidade? Por que me sinto responsável por eles? Desde pequena minha mãe e minha avó me tornaram responsável pelo cuidado de meus irmãos. Sendo ambas doentes, fizeram com que eu me sentisse responsável também por elas. Por isto partilhei sempre com meu pai esta tarefa. Quando ele morreu, fiquei com a impressão de que foi por excesso de peso que carregou durante sua curta vida. Achei que morreria, eu também, cedo. Não morri, mas carrego o peso.

Será por isto que em quase todos os meus sonhos há sempre uma criança pela qual tenho que zelar? Ou que está em perigo e estou lá para que não lhe passe nenhum mal? Será por isto que eu fantasiei que se eu morresse no lugar de meu pai, eu o salvaria da morte? No fundo, trata-se sempre de amparar e ser amparado.

10

Os vários sonhos seguidos, que não deixaram imagens claras ou possíveis metáforas, a não ser uma, possuíam conteúdo forte. Era como se eu soubesse do que se tratava, mas não tivesse o material simbólico no qual me apoiar, o que dificultava contar uma história. Porém, ele é mais importante assim sem história por causa da profunda impressão que deixou. Trata-se de uma separação de duas coisas distintas. São sempre duas. Ambas, quando juntas, criam um peso insuportável. Para poder viver sem a dor no peito, preciso separá-las. A única imagem nítida que surgiu foi a de que eu não posso usar um vestido grosso e, por cima, um casaco grosso. Eu disse no sonho: "se for usar um casaco grosso, tenho que pôr um vestido fino, e vice-versa".

11

Ser mulher não era mais o que ocupava meu pensamento. Ser — este sim é o problema essencial. Esta é a pergunta com várias respostas, por isso mesmo sem resposta.

Joseph escreveu em uma carta antes de morrer: "Seríamos mais felizes se em vez de filhos de Eva fôssemos filhos de Lilith, a lendária primeira mulher de Adão, feita não de uma costela dele, mas, como ele, nem uma gota de alento a menos, também soprada da terra pelo Verbo".

Eu respondi: sou Eva também, mas meu amor se encontra muito perto da terra, e a terra não trai. Meu amor, tampouco. Ele não só é verdadeiro, mas violento, possuído e possuidor. Quem sabe isto é ser Eva. Quando nos ferem, e todas fomos feridas de morte em algum momento de nossa vidas, caímos no desterro, mas voltamos. Porque acreditamos que é possível a volta à vida, através do outro que existe, ama e sofre igual a nós. Esta foi minha resposta a ele.

Você pensa que acredito no que escrevi aí, neste papel que guardo dentro do livro que fica na minha cabeceira? Que amor é este do qual eu falo? Eu? Eva? Sim. Não sei se você me entende... Sou o boneco que joga xadrez, sem saber que não sou eu quem faz as jogadas.

12

Encontrei-a na sala de espera do majestoso hospital. Sentadas uma ao lado da outra, falando sobre a velhice, confessou, como se fôssemos amigas há longo tempo:

"A pior dor, pior que o conhecimento da morte que se aproxima eminente, é a de saber que nunca mais poderei ser amada, e a revelação final: o amor de filhos, irmãos, pai e mãe não contam a verdade do amor verdadeiro. Não somos bastante inocentes nem puros.

A alma — este milagre que possuímos mesmo que nem sempre o saibamos — às vezes transborda o seu ser imaterial. O que fazer com este excesso? Transformá-lo em amor. O amor de Deus. Não existe outra forma".

Calou-se.

A campainha no painel tocou e o número 25 apareceu luminoso. "Este é meu número", disse ela. Levantou-se e desapareceu dentro da cabine.

13

"Para os que entendem a comunicação como laceração, a convivência é pecado, ou o mal. É o rompimento da ordem estabelecida. Risos, orgasmos, sacrifício (tantos fracassos ferindo o coração), tudo manifesta a angústia; neles a pessoa angustiada é presa e apertada fortemente, possuída por sua angústia que é a serpente e a tentação ao mesmo tempo", Kierkegaard.
O painel luminoso apita novamente. É minha vez.

14

Senti a dor da morte, não de um ser, nem de outro, mas de tudo o que foi o amor. Deu-se a perda sem que eu a tivesse percebido.
Em um pequeno recanto muito escuro de minha casa, sentada, eu punha um band-aid em minha mão ferida.

15

É só ouvir os pensamentos, e os pensamentos são a palavra que tenho dentro de mim, e a palavra não é escrita nem falada, é a palavra do pensamento que é tudo ao mesmo tempo e é outra coisa.

16

Cheguei na Cantareira. O corte, o silêncio, Glenn Gould no toca-discos, a natureza plácida, morna, eu só. Este é o momento próprio para o encontro que deverá se dar. O principal é o corte de lâminas finas, podres, duras — feridas velhas que acumulam cascas e ainda sangram.

Quando chegar à pele limpa, começarei a criar.

Sobre a autora

Escritora e artista plástica, Giselda Leirner nasceu na cidade de São Paulo, numa família de artistas, e formou-se em Filosofia pela Universidade de São Paulo, cursando posteriormente pós-graduação em Filosofia da Religião. Frequentou cursos de grandes nomes das artes, como Di Cavalcanti, Yolanda Mohalyi e Poty Lazzarotto. Estudou na Art Students League e na Parsons The New School of Design, em Nova York. Participou das Bienais de São Paulo de 1953 e 1955, além da grande mostra Tradição e Ruptura em 1984. Expôs no Museu de Arte de São Paulo, em 1976, no Brazilian-American Cultural Institute, em Washington, em 1977, na Pinacoteca do Estado de São Paulo, em 1994 e em mostra do Ministério das Relações Exteriores, Palácio do Itamaraty, em 1996, no Museu de Arte Moderna do Rio de Janeiro, que, nesse mesmo ano, exibiu uma grande retrospectiva de seu trabalho. Suas obras integram os acervos do Museu de Arte de São Paulo, Museu de Jerusalém, Museu de Arte Moderna de São Paulo, Museu de Arte Moderna do Rio de Janeiro, Museu de Arte Contemporânea da USP, Pinacoteca do Estado de São Paulo e Embaixada do Brasil em Washington, entre outros. Publicou *A filha de Kafka* (contos, Massao Ono, 1999 — traduzido para o francês e editado pela Gallimard em 2005), *Nas águas do mesmo rio* (romance, Ateliê, 2005) e *O nono mês* (romance, Perspectiva, 2008).

Este livro foi composto em Sabon pela
Bracher & Malta, com CTP da Forma
Certa e impressão da Bartira Gráfica e
Editora em papel Pólen Soft 80 g/m² da
Cia. Suzano de Papel e Celulose para a
Editora 34, em março de 2011.